さとやま民主主義

——生き生き輝くために——

千坂　げんぽう

重要里地里山に認定（環境省）

久保川イーハトーブ世界

①約六百のため池と棚田は生きものの宝庫

②③④の3点セットが「さとやま」の多様性を保全

②間伐

③落ち葉かき

④下草刈り

⑥冬は白鳥でにぎやか

⑤間伐木はオンドル、暖炉の他、チップにして道に敷く

樹木葬墓地内の花たち①

①知勝院のビオトープには ゲンゴロウやコオイムシが

③カタクリ

④ハクウンボク

⑤ハンゴンソウ

②オオモミジとショウジョウバカマ

樹木葬墓地内の花たち②

わずかな日照、水分の違いで色々な山野草 がすみ分けを

①樹木葬墓地の秋

②センブリ

③バイカツツジ

④ハルリンドウ

⑤レンゲツツジ

⑥セリバオウレン

⑦アケボノソウ

久保川イーハトーブ世界を特徴づける花たち

地域によってもすみ分けが

①サクラソウ

②ミツデカエデ

③タカノツメ

④ミスミソウ

⑤ニッコウキスゲ

まえがき

この本は三部構成となっています。

第一部は「生き生き輝く」と題して、地域づくりを実践するための指針となることを目指しています。

第二部は、「さとやま民主主義」というこの本の最大のテーマに係わる部分です。この中では、私が実践している自然再生事業を紹介し、「さとやま」（＝里地里山を指す）の生物多様性保全を通して、これからの右肩下がりの社会でどう生きたら良いかを追求しようとしたものです。

第三部は、岩手日報「いわての風」に掲載された小論をまとめました。

第一部、第二部は、私の地域づくりを紹介し、さとやまの生物多様性から「さとやま民主主義」を学び、地域と共に生きることが自分を輝かせることだと気付いたことを述べています。

現在、タレントで最も輝いている一人はタモリさんと言われています。私は基本的にテレビを見ないことにしているのですが、ＮＨＫの「ブラタモリ」は好きで、娘に録画を依頼して二回に一回くらいは見ています。そこでのタモリさんは大変生き生きして見えます。「心から自分の好きなことをしている」ことが画面からも伝わってくるのです。かつて昼食時にフジテレビ系列で続けていた「笑っていいとも」では、笑わせている技巧の背後に、彼の覚めた意識があるように感じました。

私の好きな推理小説に、探偵浅見光彦が活躍するシリーズものがあります。昨年でしたか、テレビで放映したので見ていましたら、とんでもない幕切れになっていました。それは作者内田康夫氏のストーリーが悪いのではありません。日本軍が中国を侵略し、傀儡《かいらい》の王兆銘《おうちょうめい》政権を作りましたが、その遺産がテーマでした。ドラマの最後に、王兆銘の書いたものがアップで写されたのですが、はっきり印刷文字と分かるしかも簡体字でした。これは私の推測ですが、恐らくドラマ製作の下請けが中国語のソフトを使って作成したのでしょう（間違っていたらすいません）。しかし、少し漢字の知識があれば、七十年以上昔の中国で、簡体字だけで書いた文章があるはずがないことは分かりそうなものです。たとえ下請け業者が常識に欠けていたとしても、編集でチェックされるのが普通でしょう。それがなされずに堂々と誤りが放映されるのを見て、私は、このテレビ局は相当劣化していると感じました。

　タモリさんが三十二年間続けてきた番組をやめると聞いたとき、私は「彼は劣化した情況に嫌気が差したのだな」と感じました。彼は昭和二十年生まれ、私と同年です。タモリさんとは会ったことはありませんが、同じ時代環境を過ごしてきたので気持ちが理解できるように思われるのです。

　私が祥雲寺の仏事を担当し始めたのは昭和五十七年（一九八二）、祥雲寺住職を退任したのは平成二十六年（二〇一四）です。あとから分かったことですが、ちょうど「笑っていいとも」と同じ年の始まりと終わりなのです。

　三十年以上同じ事をやってきて七十歳を迎えると、残り少ない人生をどう過ごすか、考えざるを得なくなります。私同様タモリさんも、真剣にそのことを考えたのではないでしょうか。

　私の場合、十八年前に樹木葬墓地のある一関市の中山間地で、生物の多様性を保全する活動を始めました。「久保川イーハトーブ世界」（北上川水系磐井川の支流・久保川上中流域約九キロメートルの流域）と名付け、これを最後の仕事と決めています。

　昔は嫌いだった草取りを毎日数時間しています。私が開創した日本初の樹木葬墓地を管理している知勝院では、毎日三〜四人で草取りをしていますが、墓地が広いため、平成二十五年（二〇一三）から始めた第三墓地周辺の水辺公園での自然再生事業になかなか人手を回せません。

そこは四十年以上前に耕作を放棄した所で、ササ、ススキが生えていて人が中に入り込むことが出来ない状態でした。ササ、ススキを地下茎ごと抜くためには重機を使うしかありません。そこに水が抜けないようシートを使い溜池を造ったのです。重機を使って裸地にすると、ヒメジョオン、シロツメクサ、セイヨウタンポポ、ダンドボロギク、アレチノギクなどが一斉に侵入してきます。それらを在来種のなかから選び出し、抜き取るのです。

このような細かい気配りで草取りをしないと、在来種の多い植生が戻って来ないのです。普通、植樹や植栽は楽しく、草取りは楽しくない部類の作業でしょう。

しかし、在来種の多いさとやまが全国的に少なくなっている現在、久保川イーハトーブ世界の良い環境を守っているという自負が持てる草取り作業は、私にとっては喜びになったのです。

七十歳になってからの草取りで地域の自然を守る…これによって私は輝いています。

人間は社会的動物ですから、何か些細なことでも社会のお役に立つことをしないと生き甲斐を感じられません。他人がどう評価するかは問題ではありません。若いときと違って、他人を気にしないで自分の好きなことがやれる…歴史探訪のタモリさんと草取りの私、置かれた立場でやっていることに大分違いはありますが「生き生きして輝いている」点では同じではないでしょうか。

これからはシニアの時代です。健康寿命の平均が男で七十二歳、九年弱の健康でない時期を少しでも縮め、心身共に健康で生きたいものです。そのためにも夢を持ち続けて活動しましょう。

目　次

第一部　生き生き輝く

四つの「ソウ」で夢追求

プロローグ

「想」「相」「創」「僧」で地域づくり

私たちは、政治に関わる三権と第四権力のマスコミがまともになることを期待していますが、それらに頼っても幸せになるわけではありません。自分自身で良い地域づくりをして後世にバトンタッチする…。そこに生き甲斐を見つけて働くことによって生き方が輝いてきます。

その際、種々の報道は批判的に読み解けば良いのであって、情報を閉ざす必要はありません。また、情報によって前述のタモリさんのように、自分の生き方に同調する例を（自分なりで勝手な思い込みとしても）見つけて励みにすると、自分の生き甲斐が輝いてきます。

また、色々な機会に国内外で活躍している同年代の人の考え方、説得力などに触れることは大変勉強になります。

平成十九年（二〇〇七）と同二十年（二〇〇八）の二回、日本ＩＢＭ（株）が主催している「東北会議」に招かれました。東北各県からそれぞれ五～十名の地域おこしなどで頑張っている人が集まり分科会に分かれて東北の課題について意見を交わし合うものです。私は樹木葬で知勝院という新しい宗教法人を立ち上げたので、起業家的な面で招かれたのでしょう。

その当時、まだ仙台の短大での授業を持っていましたし、祥雲寺と樹木葬墓地知勝院の仕事もあり大変忙しい時でした。したがって、フルに参加出来なかったのですが、メーンの講演と、パネルディスカッションはまじめに参加しました。

十九年の講師は奥山清行氏、二十年は今北純一氏でした。奥山さんは工業デザイナーとして、今北さんは日本と欧州、特にフランスとを結ぶコンサルタントとして、いずれも海外で活躍している人です。お二人の講演は、いずれも地域づくりに参考になり有益なものでしたが、今北さんは昭和二十一年生まれですので、前述のタモリさんと同様、同調する点が多かったのです。

彼は、持論である地域づくりや個人のグレードアップに必要な「ＭＶＰ」を上手に話すのです。Ｍは「mission（ミッション）」、Ｖは「vision（ヴィジョン）」、Ｐは「passion（パッション）」です。ミッションは、普通は使命と訳されるのですが、彼は自分の夢として捉えてもいいのではないかとして、その実現のロードマップとしてのヴィジョン（計画）、それを成し遂げるに必要なパッション（情熱）について、幅広い著名人との交際で知り得た実例を引用して紹介しました。

講演は大変有益でしたが、それ以上に感心したのは翌日の朝食時です。私は参加者中に知り合いはいましたが、さほど深いつき合いはないので一人で卓に着き食事をしていました。今北さんは前日の講師ですから、各県から集まったパネリストや主催者グループの人に囲まれ談笑していました。私は今まで今北さんとは面識が無かったので、彼らの中に入るのは失礼という気持ちと、小さい頃からのシャイな性格で、一人で食べていたのです。

ところが、食べ終わった頃合いを見ていたのでしょうか、今北さんが私のテーブルに来て、これからの仏教の可能性などについて質問するのです。彼は講演後、分科会のパネルディスカッション会場を巡回していましたから、私の実践していることをもっと知りたいと思ったらしいのです。彼は当日の講演で「粋」の文化などに触れ、外国人と話をするときには日本の文化をしっかり伝えなければならないと言っています。したがって、仏教についてもこの機会にどん欲に吸収しようとしたのでしょう。彼の積極的な姿勢には大変感銘を受けました。その影響もあり、私も彼のＭＶＰ

同様、以前から考えていた地域づくりと、自分を輝かせるための仕組みをまとめることにしました。

私の枠組みは四つの「ソウ」、「想」「相」「創」「僧」です。「想」は「おもい」で、今北さんのM（ミッション・夢）に当たります。「相」は「すがた」で、現状を分析して計画造りに役立たせる知識です。今北さんのV（ヴィジョン・計画）に当たります。そして想、相を踏まえて「創」（つくる）を行なうのですが、造るためにはP（パッション・情熱）が必要ですが、私の場合、協働でないと実現が不可能な事ばかりで、みんなで行なうことが大事なので、「僧」を使います。

僧と一字で著したときは坊さんを意味するのではなく、僧伽（サンガ・教団）の略となります。仏教教団は「和」が大事なので、僧＝和と考えられています。ちなみに坊さん個々は、僧伽のともがらということで、僧侶と呼ばれます。

仏教僧侶である私が中心となって進める寺おこし、地域おこしなので仏教と関係する言葉「僧」を仲間との協働という意味で使いました。これは私が輝くためだけでなく、地域のみんなが輝くためにも必要なのです。

儒教的文化主義でなく日本仏教的思考を

想いがないと何事も始まらないように思われます。そのため、想、相、創の順で進むのが順番と考え勝ちですが、そのように直線的に考えることは形式主義の罠に陥ります。

『論語』為政篇《いせいへん》に「これを知るはこれを好むに如かず、これを好むはこれを楽しむにしかず」という有名な言葉があります。「知る」よりは「好む」が勝り、「好む」より「楽しむ」が勝るという意味です。学生時代、嫌いな漢文の授業で「A不如B」の文ではBの方が良いということだと教わった記憶がありませんか？

知ることイコール知識は、いやいやながらでも頑張って努力しなければ得られません。孔子の門下生・儒家は学ぶことを重視します。しかし、孔子は、得られた知識は好ましいという感情を伴わなければ本物にはならないというのです。

人間は社会的存在にならなければなりません。そのために、子供に無理矢理学習させることはある程度必要です。日本で、学習することを「勉強」と言いますが、原義は「無理に○○させる」という意味です。義務教育の期間は、まさに義務的に「勉強」しなければなりません。ところが押さえつけられた学習、義務的な学習では、その後の飛躍は期待できません。

まだお会いしたことはありませんが、秋田県で地域づくり、村おこしに熱心な詩人、エッセイストの「あゆかわ・のぼる」という方がいらっしゃいます。彼は秋田を愛する故に、秋田のダメなところを叱るのです。たとえば、秋田はコメ、ハタハタなどの素材の良さに恵まれている（彼はそれを「秋田県を駄目にした五大天然資源、石油、鉱山、米、秋田杉、魚と言う）が、それに頼りすぎて付加価値をつける努力をしてこなかったなど、正鵠《せいこく》を射《い》ていることを述べています。また、秋田の小中学校は、全国一斉の学力テストでいつも全国一になるが、高校から大学に進学する段階で、目標が低くダメになると指摘しています。[1]

秋田の教育事情をよく知らないのでコメントしにくいのですが、私は小中学校の教育自体にも問題があるのではないかと疑っています。学力テストの成績が良いことにこしたことはないのですが、つめこみの知識を教えることだけに偏っては

1 「教育については、小中学生の学力テストが日本一なのに、高校になると、学力、大学進学率とも四〇位前後になってしまう。これは、小中学教育にも高校教育にも『目的を持っていない』教育行政のせいだ。」（あゆかわ・のぼる著『おれはやらない　おまえもやるな』二〇一〇年　イズミヤ出版）

いないでしょうか。

　私は母親が八歳の時急逝したこともあり、教育ママ的に勉強を見てくれる人がいませんでした。そのため、本を読むことは好きでしたが、いわゆる勉強はほとんどしませんでした。中学生の時、高校の先に大学というのがあることを知っていましたが、四年制であることも知りませんでした。まことにのんびりしたものでした。朝の授業前は、校庭でのソフトボールをするため七時前に学校に着きました。早く行かないとソフトボールをする場所が確保できないからです。授業の合間の休み時間には詰め将棋、昼休み時間は体育館での相撲、放課後は部活動の卓球、陸上では選抜されて百《メートル》と幅跳びの選手にと、遊んだこと体を動かしたことの記憶がほとんどです。

　唯一、勉強の思い出は、東京大学にストレート入学し工学部に進んだS・I君と好きな数学の問題を一緒に解いたり教わったりしたことです。後に分かったことですが、数学では一年以上先に進んでいたようで、高校に入学してから数学だけは授業を聞く必要はありませんでした。ともあれ勉強時間はほとんどなかったのです。そのため、高校生になり、ガイダンスで担任の先生から一日最低三時間は勉強しなければならないと言われてビックリしました。このような生い立ちですので、東京や仙台などの大都市で受験勉強してきた学生とは相当のハンディがありました。

　その結果、超一流の大学には入ることが出来ませんでしたが、あまり勉強で頭を使わなかったので、ボンヤリと考え事をするのが好きな性格になりました。そのせいで他の人が考えつかないことを実践する力がついたのだと思います。樹木葬墓地は、自然の中で伸び伸びと育ったから実現したとも言えます。

　以上の私個人の経験からですが、全国一斉学力テストに熱を上げる必要はないと思います。孔子が言うように、好ましいという感情を阻害する「勉強」だけでは、人格形成に役立たない知識ばかりとなり、次第に意味をなさなくなるでしょう。孔子はさらに、好ましいという情感も忘れて楽しんでいる状態で知識が自然に生かされているのが素晴らしいと考えたのです。

　確かに一個人の知識の生かし方では楽しむ境地まで行くのが最上なのかも知れません。私も若いときは、この為政篇の言葉を素晴らしいと思い、講演などでよく引用しました。ところが短いながらも禅宗の修行を経て住職を務めているうちに、この言葉はやはり仏教的ではないと考えるようになりました。

　仏教でも、四諦八正道《したいはっしょうどう》という基本教義があり、八正道は、正見《しょうけん》、正思惟《しょうしゅい》、正語《しょうご》、正業《しょうごう》、正命《しょうみょう》、正精進《しょうしょうじん》、正念《しょうねん》、正定《しょうじょう》の順に述べられます。

　しかし、八正道は、孔子が知→好→楽のように、直線的に捉え、優劣関係を示したのとは異なっています。このことを明確に示すのは、仏教を象徴するシンボルマークです。八正道は丸い輪の中の八本の軸として描かれています。（写真左）それぞれが輪を回すために必要な部分なので、優劣はないのです。私の想、相、創、僧もあくまで仏教的に考えています。したがって、以下に展開する「ソウ」でのまとめも順番は意味がないのでご理解ください。ともあれ、このように、同音や英語スペルの頭文字をとったものなど、色々なまとめ方がありますので、皆さんも自分なりにチャレンジすることをお勧めします。

祥雲寺六角堂のマーク

想（おもい）

―良いご先祖になるために―

時代、地域を見つめる

日本社会は、大きな社会的変動期を迎えています。マグニチュード9・0というとてつもないエネルギーの地震が引き起こした大津波、また、それと連動する人災の原子力発電所による被曝と難民の発生、憲法を恣意的に解釈変更して戦争しやすくする法案など、敗戦の年、昭和二十年生まれの私にとって信じられない自然現象、政治情況が現出しています。

ドイツでは、一九三三年にナチス党が二つの大統領令を出して人権を制限し、ワイマール憲法をなし崩しにして戦争に突き進んだ歴史があり、日本の権力者が模倣しようとしていると思われます。これらは歴史上初めの道を歩んでいるように感じますが、七十一年も生かされて多くのことを見てきましたので、ゆっくりした動きですが、大きな変動の一部分が見える気もします。

私は、岩手日報「いわての風」欄に平成十九年七月二日から小論を掲載していますが、ほとんど歴史を振り返り、美しい郷士をどのようにして次世代にバトンタッチできるかという立場で書き続けてきました。

今まで私の好きな「殷《いん》鑑《かん》遠《とお》からず[2]」を二回使っていますが、それも歴史を振り返る事の重要さを強調するためです。一市民の声は小さくても紙面をお借りした以上、権力の横暴には絶えず声をあげ続ける必要があります。

しかし、政治に異議を唱えて情況が変わらない

---

2 殷（商ともいう）を滅ぼした周の時代に成立した『詩経』大雅・蕩による。殷の紂《ちゅう》王が周によって滅ぼされたのは、前代の夏桀《けつ》王の悪政によって夏が殷によって滅ぼされたことを殷の紂王が教訓としなかったためという。戒めは時代をさかのぼらなくても身近なところにあるという喩《たと》え。

からといって、「百年河清《ひゃくねんかせい》を待つ[3]」態度は取れません。人生は短く当面の生活のため、また地域を守るために自分の力で出来ることはしなくてはなりません。家族や地域の人の生活に資するために働く必要があるのです。それで祥雲寺住職に就任して以来、寺おこし、地域おこしに邁進《まいしん》しました。

住職、短大教師、寺おこし・地域おこしの三つを同時に行なおうとしたのですから、いずれも中途半端になるだけでなく、身体にも負担をかけすぎました。四十九歳の時、脳溢血を発症したのです。幸い後遺症もなく回復しましたが、ちょうどかぞえ年で五十歳ですので、『論語』為政篇にある「五十而知命」（五十にして命を知る）を強く意識するようになりました。そのため、短大の退職時機をうかがいながら、地域おこしとしての樹木葬を真剣に考えるようになりました。試行錯誤しましたが、一九九九年七月に「墓地埋葬法[4]」よる樹木葬墓地が認可され、その年の十一月十一日に初めての埋葬[5]を行ないました。そこに至るまで、私が一関市の地域おこし（シビック・プライド[6]）をどのように考え実行に移してきたのかをまず述べておきます。

3 五経の一で孔子が編集したと言われる『春秋』の本文を解説した書の一つ「左氏伝」襄公八年の条による。どんなに長い間待っても期待できないことの喩え。

4 「墓地、埋葬等に関する法律」昭和二三年五月三一日法律第四八号の略称。

5 法律的には焼骨を埋めることは埋蔵と言う。埋葬は土葬のことを指す。しかし、民間では焼骨をカロートに納める行為も埋葬と言う。埋蔵は機械的に粗末に扱う感じがすると言う市民が多く、知勝院ではその感情を尊重して法律的な埋蔵行為を埋葬と言っている。

6 シティ・プライドとも言い、単なる愛郷心でなく、自らが参加しつつ良い郷土をつくっていこうとする動き。英国などから始まる。

地域に対する想いを持続させる

一九九〇年代から始まった葬送の変化は、社会変動の一つとして特筆すべきものでしょう。その真打ちとして、一九九九年に登場した樹木葬は、私が命名し創生したものです。この樹木葬は評判を呼び、様々なエピゴーネン（模倣）が続出して社会問題にもなっています。

『いま、この日本の家族』（弘文堂　二〇一〇年五月刊）で共著の森謙二氏は、「千坂が目指したものは墓地全体を自然との循環におくことであったが、このエピゴーネンは従来型墓地の一角を「樹木葬墓地」とし、その一角に樹木を植えただけで墓石や納骨施設を持たない「合葬式墓地[7]」を作り始めたのである。この墓地にサクラを植樹すると「桜葬墓地」と呼ばれることになる。ここに至ると、墓石のない安上がりの葬法を目指したものという印象を受ける。」と述べています。

そういう渦中にいるわけですので、目先の利益だけを追う人々の姿から、拝金主義的、新自由主義的な動きを冷徹に見つめることができるのです。

しかし、このような墓地をめぐる変化は、九〇年代に顕著になっただけで、その根は深いものがあります。そういったことを考えるためには時代の流れを見つめる必要があります。樹木葬を成功させるために、あるいは限界集落などと言われる地域存続のためにも、社会のあり方をじっくり見続けなければならないのです。

特に私たち一般人は、長いスパンで色々な事象を捉えることが出来にくいのです。目先の生活に追われているので、以前には無かった事象も次第に慣れてくると当たり前のこととなってしまいます。今から約三十年前、霊感商法で問題になった

[7] 1989年「新潟の安穏廟」、1990年「京都の支縁廟」などの合葬墓、1991年から始まった葬送の自由をすすめる会の散骨など、新しい葬送の形が1990年代に出そろった。

統一教会が実質的に推進した「スパイ防止法案[8]」は、自民党タカ派議員が少ないため自民党でまとまらず廃案になりました。しかし、その後、インターネットやカード決済の普及で、個人のプライバシー保護が必要となり、情報に対する考え方が三十年前とは全く異なってきました。そして三十年前は全くの少数派だった自民党タカ派議員が、かつてのスパイ防止を「秘密保護」という一見耳あたりの良い名称に代えて提出し数の力で成立させました。そのねらいは、三十年前と同様、市民の知る権利を制約し、国家権力に都合の良い情報管理をしようとしていることに違いはありません。市民は次第に政府発の情報に慣らされていきます。

8 「国家秘密に係るスパイ行為等の防止に関する法律案」のこと。1985年、第102回国会に自民党議員による議員立法として提出。翌年第103回国会で廃案になった。運動の中心は国際勝共連合だったが、その運動の資金源は霊感商法などによる統一教会が担ったと考えられている。

したがって、そのような傾向に警鐘を鳴らすことは大事ですが、前述したように、私的な立場においても自分なりに市民生活防御の実践をしなければなりません。「十年一昔」と言うように、私たちは忘れやすいので、とりあえず、自分で十年計画を立てることが望ましいでしょう。それは十年後の夢と置き換えることもできます。

私は祥雲寺住職になったとき計画を立てました。詳しくは後述しますが、長中期の計画を持つと、同じような時間スケールの出来事と自分の実践が並行的に進展します。そのため、行政の施策が誤っていたことを確認できるのです。

実例として約三十年前の東北自動車道から遠野、釜石方面へのジャンクションをどこに設置するかが問題になった時のことを挙げます。

道路公団から依頼された岩手県は、候補地として三案を発表しました。北から紫波町、花巻市、北上市で、案が出るや候補地の誘致合戦が始まりました。最終的に盛岡に近い紫波町でなく、仙台に近い北上市でもない中間の花巻市に決まりました。中間を選ぶと何となく足して二で割ると皆が安心納得する日本的心情に合致します。

しかし、「いわての風」に書きましたように、岩手県は盛岡市に近い花巻市に当初から決定したい意向を持っていたようです。三案のうち紫波町案は地理的、財政的に現実性が無く、ダミーとして提案されたと私は考えています。私の憶測が正しいかどうかは問題ではありません。一番の問題は、ジャンクションの設置を県庁所在都市の利益だけで考え、広域的な観点から捉えていないことです。

俯瞰的《ふかんてき》に見て、日本海側の環日本経済圏と首都圏との関係を重視して横断道は考えなくてはなりません。釜石、遠野から東京に行くときには、花巻に出ると北上よりかなりのロスになります。同様に、日本海との接続で花巻ジャンクション経由ですと大変な時間的ロスになります。なぜなら既に北上から秋田自動車道で日本海に抜けるルートが出来ているからです。広い視野で日本及び岩手県全体の事を考えない狭い地域エゴにより、ジャンクションは花巻市に造られましたが、国の財政難から遠野、釜石まで自動車道は延伸されませんでした。

ジャンクション誘致合戦から三十年後、東日本大震災が起きました。この時の地震による道路被害で、北から南に縦断する東北自動車道、国道四号線が十分に利用出来ず、日本海経由で援助物資が運ばれました。その際、横断道路が十分に整備されていないので被害地が難儀しました。私が懸念していたように、岩手県が国を動かす理念を持たず、地域エゴのみでジャンクションを造った結果とも言えます。決定当時の役人は既に退職して

9　2011年12月18日付「いわての風」参照。

いるでしょうし、県民も三十年前のことはほとんど忘れているでしょう。しかし、悪しき決定は県民に不利益をもたらします。不作為の悪意とも言える施策によって行政から被害を受けることが大変多くなっています。

　このような情況に負けずに良い地域づくりをするためには、行政よりも明確な夢と中長期的視野を持たなくてはいけないのです。

大きな社会的動きにも目を向けてローカルでの生き方を考える

　地域づくりとしての樹木葬墓地を立ち上げることが出来た要因の一つに、一時期、地名について刺激を与えていただいた民俗学者・谷川健一氏[10]の存在があります。『遠野物語』などで知られ、日本民俗学を立ち上げた柳田國男の弟子であった谷川氏は、師の柳田國男と異なり、青銅器文化や沖縄の文化にも造詣が深く、独特の「谷川民俗学」を打ち立てたことで有名ですが、コメのことも気にしていました。特に、コメが余ると言うことは大きな社会的変動とつながると感じていたようでした。確かに五十年以上前は考えることが出来なかった事態です。

　つまり、コメ余りに象徴される経済的な「豊かさ」こそが、日本歴史開闢《かいびゃく》以来初めての経験で、全ての社会的変動はそこを起点としていると谷川氏は考えていたようでした。そこで私もコメの問題は大事だと考え始めました。しかし、私は民俗学者ではありません。地域づくり実践者、あるいは良い先祖になろうと啓発活動をしている宗教的

10　谷川健一〈1921~2013〉民俗学、短歌などの他、1981年に日本地名研究所を設立、安易な地名変更を戒めた。『日本の地名』〈岩波新書　1997〉には北上川中流域独自の水神「ウナン」に関する千坂の調査が紹介されている。

実践者と言うべき人間です。過去の歴史を振り返りながらも、むしろその反省にたち、これからの五十年後、百年後まで考え、あるべき実践の姿を提起しなければなりません。

　私は予言者でもありません。五十年後の日本をイメージし、その社会を具体的に明示出来るわけはありません。ところが、最近では種々の統計や科学的データなどにより、一部は五十年後のことを推定できるようになっています。例えば、現在の人口動態で推移すると、五十年後に、日本の人口は八千万人台になります。また、原発ごみ（高レベル放射性廃棄物）の地層処分は困難なことや、たとえ地層処分するとしても、三十年間原発の仮置き場で冷却しても地層処分できるまで温度が下がらず、五十年間は冷却し続けなければならないと言われています。[11]

　コメに戻りますが、しばらくは人口減少が続きますので、消費量が増えることはありません。また、パンや麺類の材料として小麦の消費量は増えていますので、減反をいくら増やしても米の値段は上向くことはありません。ＴＰＰなどで安い米国産米、オーストラリア産米も入って来ます。減反を増やし、大型圃場整備などで外国産米に立ち向かうとしても当面は米作農家、特に中山間地の農業経営は難しくなる一方と思われます。

　しかし、五十年後にはどうなるでしょうか。米国やオーストラリアでの米作は、超大型機械とヘリコプターを使う生産性の高い農法です。ところが両国の多くでは地下水をくみ上げて使っていますので、次第に地下の栄養塩が上昇し、大地は米作に適さないものになります。オーストラリアではいち早くこの様な現象が起きていますので日本

11　このことは「いわての風」（２０１５年10月11日）で触れています。

への輸出量は減ってくるでしょう。米国でも早晩オーストラリア同様の経過をたどるでしょう。

一方、人件費が安い東南アジアのコメは、人口増により自国民の消費をまかなうだけで精一杯になっています。つまり、五十年後にはコメの輸出能力のある国がほとんど無くなることが想定されるのです。また、日本は貿易収支の赤字が続いています。今のところ貿易外の収入が多いので問題が表面化していませんが、このまま貿易収支赤字が続くと、五十年後には外国から小麦を買うことも難しくなり、日本産の米を中心にした食生活に戻らざるを得ないかもしれません。

ところが現状では耕作放棄地が増大する一方です。私たちが自然再生事業を行なっている「久保川イーハトーブ世界」（久保川上中流域）でも、耕作放棄地は多く、数十年放棄された水田は、ヤナギ、ハンノキ、ササ、ススキが生え、周辺はヤマグワ、タニウツギにフジヅル、クズがからまり人が分け入って中に入るのも大変な情況になっています。このようになった土地を水田に戻すのは大変な労力と資金が必要です。

私は五十年後の世界食糧不足を見据えて、さとやまの水辺環境を維持することが重要と考えています。そのため、生物多様性の高い「久保川イーハトーブ世界」の環境を生かすため、耕作放棄地にビオトープを造り、エコツアーなどの文化的行事によって水辺環境を将来にわたって維持しようと考えています。「いわての風」で環境問題を多く述べているのは、このような理由からなのです。

他を知り郷土の良さを知る

私の来し方を振り返り、社会的変動をどのように意識してきたかを次に述べます。そして、地域づくりの模索の中から久保川イーハトーブ世界を「生きもの浄土」と位置づけ一関の誇るべきものと核心するに至った経緯を述べ、他地域での地域づくりの指針になればと願います。

　私は、昭和四十年（一九六五）大学生となり、仙台で生活を始めましたが、その時米穀通帳なる物を使いました。また、学部学生の時、研究室の夏期合宿で宮城県鳴瀬町（現東松島市）の国民宿舎に泊まりましたが、その時、米一升を持って行くことが義務づけられていました。昔のことはほとんど覚えていないのですが、なぜかそのことは鮮明に脳裏に焼き付いています。

　東京五輪後の高度経済成長は、少しずつ身の周りに押し寄せていたのでしょう。しかし、頭でっかちの大学生が、社会の底辺を見据えて将来を見通すことは困難です。いつの間にか、米穀通帳は消え、学生の自炊ではインスタント・ラーメンが主流の時代になってきました。

　それでも、世は米価値上げを勝ち取る運動が、農協、自民党農政族により盛んで、連日新聞を賑わせていました。まさか、その時、既に稲作を始めとする社会が大きな曲がり角に来ていたことなど分かりようがありませんでした。その後の経済成長、バブルの時代も、短大の教師として、ごく平均的な市民としてつつましく暮らしていましたので、飽食の時代と自分は無関係だと考えていました。

　しかし、振り返ってみれば、「消費は美徳」とか、「原子力の平和利用」などという言葉に知らず知らず慣らされていたのではないでしょうか。それを明確に反省し、社会が大きな変動期に来ているという実感を持つようになったのは、一関市に戻ってからです。

　昭和五十七年（一九八二）に父親が倒れ、短大の教鞭を執りながら、祥雲寺の葬式、法要も行なうようになりました。いわゆる二足のわらじを履いたわけです。その中で、昔から抱き続けてきた寺おこし、地域おこしの「想い」、夢とも言うべきものが強く頭をもたげてきました。その「想い」は、檀家数の少ない貧しい寺で育ったハングリー精神によって培われたものです。

祥雲寺は、父が入山した昭和二十一年（一九四六）までの五年間は住職不在の寺で、檀家数も二百軒に満たず、経済力のない貧しい寺で、いわゆる「骨山《こつざん》」と言われる部類の寺でした。私が小学生の頃（昭和二十年代から昭和三十年代初め）には、それでも殿様のおかげで広大な面積の寺域を持っており墓地の余裕がありましたので、少しずつ檀家が増えていきました。昭和五十七年（一九八二）には約四百軒になっていました。

祥雲寺は檀家が少ないが、旧一関藩主田村家の菩提寺で、地方には珍しい堂々たるさや堂を持つ転輪一切経蔵[12]（地元の人は六角堂と呼ぶ）（写真30頁）などもあることから、「格式が高い寺」と町の人は言っていました。歴史や由緒では誇るものがありながらも、経済力がないというギャップは、かえって「今に見ていろ」という気持ちを起こさせました。しかし、歴史や由緒では「たかだか支藩三万石の殿様菩提寺」にすぎません。そこで私は殿様のお陰で広い境内、墓地を持つことに注目しました。

かつては十万平方㍍以上にも及ぶ境内、墓地、隣接する所有地がありましたが、戦前までに寺下の住宅地に近い土地は売却されていました。それでも墓地に接する裏山が約一万平方㍍はありました。小さい時に遊んだ所です。薮になっていましたが将来整備すれば素晴らしい自然公園になると考えていました。大学、大学院在籍の時、春の黄金週間には帰宅し、山に自生しているカスミザク

12　黄檗版一切経を納める回転式の書棚を持つ経堂。八世住職が発願し、十一世住職の文政十一年上刻。高さ二十㍍の堂々たるさや堂は内部が漆喰の防火造りになっている。この建物は、宮沢賢治「銀河鉄道の夜」第四次稿と文語詩「病技師」の中で「天気輪」として登場するとされる。（米地文夫「文学の蔵」第二九号）

ラ、エドヒガン、ヤマモミジの実生を拾い集め、数年後、その苗を墓地の外れなどに植えていました。私の代になったら裏山の藪を整備し私の育てた苗をそこに植えることを期待していました。

六角堂

ところが昭和四十五年頃、この裏山は売却され団地になりました。そのお金は会館建築の代金になったのです。なんと馬鹿なことをすると思いました。住職と役員達は裏山を利用価値のない雑木林としか考えなかったのでしょう。だから簡単に売却を決定できたのだと思います。しかし、仙台に住み始めると、一関の自然の素晴らしさが分かり「私ならこのように使える」というイメージが湧いてくるのです。ところが普段見慣れている人は、目前の景色が当たり前と思っているので、そこに潜んでいる価値を見いだせないのです。

樹木葬墓地が軌道に乗り、自然再生事業を進展させていても地元のマスコミが評価しないのも同じような要因でしょう。第二部でも紹介しますが、英国人の湿地学者、リチャード・リンゼイ博士が樹木葬墓地を訪れ視察したときの反応は、一般日本人の反応とは全く異なるものでした。彼は想定した案内時間の四〜五倍をかけてしか歩かないのです。二万七千平方㍍の樹木葬第一墓地には、分かっているだけでも四百種以上の草本類がありますので、特徴的な草本の説明をすると次々と写真を撮り動かなくなるのです。

また墓地内にはタタミ二畳ほどの小池(写真下)を三つ人工的に造っていますが、そこにはアカガエル、シュレーゲルアオガエル、モリアオガエル、ツチガエル、トウキョウダルマガエルが棲み付いています。ここでは草本類の観察以上に時間がかかりました。カエルを見ても日本人は当たり前のことで感動する人はほとんどいませんが、英国は一万五千年前まで、ほとんどが氷河に覆われていて、それから動植物の再生が始まったので両生類は数種しかいないとのこと。そういう英国から来たので、樹木葬墓地の生態系に感動したのです。地元の人よりよその人が価値を理解してくれる好例です。地域おこしには、「よそ者、若者、バカ者」が必要とよく言われます。これは、目の前のことを当たり前と思わない人々を、地元の人が異

樹木葬第一墓地内のため池

邦人的に捉えることからくるものです。地元人の常識は、しばしば大事な価値を見失っている場合が多いのです。

祥雲寺の場合、本堂と古い住まいが続いていて、法要後に会食をする場所もありませんでした。時は高度成長期で、近隣の寺は寄付を集めて立派な会館を建てています。それに触発されて会館を建てようとしたのでしょう。寄付を集めず会館を建築すれば寄付を出す必要のない檀家は助かります。一見、檀家のことを考えた良い決定に思われます。しかし、実際は寄付集めの苦労をしないで楽をしようという気持ちで決定機関の総代会が住職をたきつけたと感じました。この裏山が持っている価値を理解しない人たちによって売却されたことは私の闘志をかき立てました。それは後に、農家の山を買って樹木葬墓地を始める大きな要因になりました。

その後間もなく起きたバブル経済で、金持ちが勝ち組という風潮が広がり、余計闘志に火がつきました。住職就任して間もなく、三十歳前後の青年が、その叔母が管理する墓地について寺の管理が悪いとクレームを付けたことがありました。その勢いでしょうか、「自分は年商四億くらいある」と誇らしげに語り、貧寺の住職を見下すのです。「この若造め」と思いましたが、こちらは住職、「寺はボランティアで檀家が奉仕作業をするので年収の何倍もの仕事が出来るんですよ」と穏やかに応対するしかありません。絶えず抱いていた「今に見ておれ」という静かな闘志は、このような事例で益々強くなり「呉下の阿蒙にあらず[13]」の故事を自分に常に言い聞かせるようになりました。

闘志は、今北さん流に言えばPのパッションで

13　呉志・呂蒙伝の故事。三国時代の呂蒙が呉の主君・孫権に勧められて一念発起し学問に精進し、後に孫権の臣魯粛が、その学問が進んだのに感心して言ったとされる故事。

す。自分の想い（夢）はパッションを持続させることで、色々な知識とつながり、具体的な理想のイメージ「相（すがた）」を醸し出してくるのです。また、パッションは、完璧な「相」を作り上げないうちに「創」に駆り立てます。したがって、個人の内なる世界では、「想」「相」「創」が絶えず相互に干渉し合っていると言えるのです。

創（創《つく》る）――夢を抱きつつ実践――

実践してこそ協力者が現われる

自分が良いと思っていることを、他人は簡単には理解してはくれません。なにせ祥雲寺は、昭和二十年代、「鐘が鳴りますG寺、お化けが出ます祥雲寺」と言われたように、境内、墓地ともに荒れ放題でした。檀家に将来の可能性を理解してくれということが、そもそも無理な情況でした。檀家の大半は、かつての私同様、時流に流され、菩提寺などに関心を持つ情況にはなかったのです。

そこで私が始めた寺おこしは、「実行有言」です。通常の「有言実行」の誤りではありません。まず、自分の力で出来ることを実行するのです。その中で、活動に関心を寄せる人たちに「有言」すなわち、活動のねらいなどを説明するのです。

昭和五十七年（一九八二）から父は全く祥雲寺の仏事が出来なくなりました。その年は、葬式や法要があれば仙台から通いました。翌年から家族が仙台の市営アパートを引き払い、一関に移りました。私は一関から仙台の短大に通い、休日を利用して仏事を行ないました。短大の仕事でやむなく法要を近くの寺住職に依頼することもありました。

祥雲寺は檀家が少ないので、増やそうとして旧来の墓地に隣接する沢を埋め立て、墓地を造っていましたが、あまり契約する人がありませんでした。本堂前から四〜五百米《メートル》とやや距離があるのですが、平らな道で条件は悪くありません。

ところが、そこへ行く途中の景観が悪すぎるのです。途中に田村家の墓所へ登る階段、堂々とした転輪経蔵のさや堂などの歴史を感じさせるものがあるのですが、それらの前の斜面は役割を終えた骨壺が投げ捨てられていました。また、通路沿いは杉の間伐や枝払いがなされていないので鬱蒼《うっそう》としているうえに草ぼうぼうで歩いて気持ちの良い空間ではありませんでした。また、せっかく造った墓地も、空いている所は草が伸び放題で、約二百区画ある墓地全体は見た目が悪いのです。

これでは墓地を選ぶ気持ちになれないのは当然と考えた私は、まず自分で出来るササ刈りなどをしました。次には、檀家の石屋O・Kさんを通してスギ伐採の作業員を頼みました。墓地には無縁になり空地になった場所が多かったので、父はそこにスギを植えていたのです。これが四〇年経って大きくなり墓地を整備して綺麗にしようとすると邪魔になっていたのです。

スギ伐採はO・Kさんの親戚O・Tさんが行ないました。今考えるとゾッとしますが、当時はお金がないこともあり、保険をかけず、倒す予定の近くにある墓石を移すことなく一発勝負でスギを倒しました。全くの名人芸で三～四《メートル》空いている空間に狙いすまして倒し、一回も近くの墓石を傷つける事もありませんでした。この名人芸無しでは墓地境内の整備は進まなかったことでしょう。

このようにして、檀家総代の許可を得ることなくスギ伐採をしていましたら総代からクレームがつきました。先代の時から総代をしている人はスギを財産視していたのです。しかし、墓地が綺麗になって喜んでいる人が多いこと、倒したスギは財産どころかかえって運び出しにお金がかかるのをO・Tさんが無料で引き取って寺としては助かっていることなどが分かり、私を応援する人の方が増えてきてクレームはやみました。

境内墓地の整備を進めていると、東北電力OBのS・Oさんが本堂前の空間を電線が横切っているのは良くないと提案し、電線を迂回するよう手配してくれました。このS・Oさんの提言で、それまで無頓着だった空間を大事にすることが景観上とても大事なことだと学びました。この時の学びは知勝院周辺の景観整備に生かされています。これも実践を通して知識がついてきた一例です。

樹木葬墓地を立ち上げて、翌年から久保川イーハトーブ世界でセイタカアワダチソウ抜き取りを始めたときも同様です。当初は作業している人たちがコメを盗みに来たのかと誤解されたり、畑のそばのセイタカアワダチソウを抜こうとしたとき、畑の所有者から「大事にしているのをどうして抜くのか」と抗議されたそうです。

しかし、抜き取りを続けていると、次第にセイタカアワダチソウが在来の植物を駆逐することが分かり、庭先で風に負けないようにヒモで結んでいた家も抜き取るようになりました。チラシを配って啓発活動をしてもほとんど反応はありませんが、現場で現物を見てもらい説明すると、すぐ理解してくれます。中国語で「説的不如幹的」（説くことよりも実践する事が優る）ということがまさにぴったり当てはまるのです。

「他山の石」を自分の糧とする

祥雲寺に帰ってから、家族の生活費は、出来るだけ短大の給料でまかない、なるべく祥雲寺の収入は持ち出さないようにしました。寺の葬式、法要の収入は全て受納証（領収書に当たるが、宗教法人は営利団体ではないのでこの言葉を使う）を発行し、総代会で明らかにしました。そうして、寺の収入の大半を荒れていた墓地の整備に使いました。

墓地を綺麗にして檀家を増やそうとしたのは、住職だけで生活が出来ないからではありません。祥雲寺には、六角堂の他、観音堂、位牌堂、土地堂（ツチドウと読み寺域の鎮守神を祭る）がありますが、いずれも、損傷がひどく、改修工事が必要とされる状態でした。寺には全くお金がないので、檀家にご寄付を依頼しなければなりません。しかし、伽藍整備のご寄付は無理のない金額を十年に一度くらいのペースでお願いするしかありません。その考えは、仙台で、短大の一教師としてサラリーによる生活をしていたことで信念となりました。

仙台では、寺が一方的に檀家に多額の寄付を割り当てたため、寺と檀家の騒動になっている例が多く、新聞でしばしば報道されていました。サラリーマン家庭に、たとえそれが三年間〜五年間の分割だとしても、百万円もの割り当てをするなど、私は到底妥当とは思われませんでした。

祥雲寺でご寄付を依頼するとき、仙台の悪例は「他山の石[14]」です。そこから学ぶべきものがありました。立派な伽藍を造っても檀家の心が寺か

14 『詩経』鶴鳴による。ほかの山から出たつまらぬ石も、宝石を磨く役に立つという意味。誤用される四字熟語としてしばしば話題にのぼる。

ら離れるならば、何のための伽藍か？ 改修すべき伽藍を多く持つ祥雲寺ですが、焦ってはいけない、まず、檀家を増やしてご寄付を依頼する時、一人あたりの金額を低く抑えるために、檀家数を増やす必要があると決意しました。

長期的視点を持ち大事な場所選定などでは妥協しない

寺に戻った昭和五十七年（一九八二）、すぐに、梵鐘を寄贈したいと申し出がありました。K・Aさんです。

江戸時代、各藩の殿様は中国の「瀟湘《しょうしょう》八景《はっけい》[15]」にならい、各地に、自藩の八景を制定しました。近江八景は特に有名です。一関藩田村家でも同様で、祥雲寺の鐘が「祥雲晩鐘」として記録されています。中興田村家二代建顕公は岩沼から天和二年（一六八二）に一関に移封され、一関藩三万石の領主となりました。恐らく一関に来てすぐに「一関八景」を制定したのでしょう。その建顕公の百回忌と思われる年に一関の文人たちが「一関八景」を詩にうたいました。「祥雲晩鐘」は一関藩士の今宮貞嗣が作詩しました。

ところが、江戸時代の鐘は、明治初期の廃仏毀釈運動が盛んな頃に売り払われたと想像されます。なぜなら、大正時代に十四世住職が、大正天皇ご即位を記念して、鐘楼再建を発願し、托鉢などで資金を集めて再建した記録が残っているから分かるのです。鐘楼がない時代が長く続いたこと

15 湖南省の名勝地。湘江その支流・瀟水はやがて洞庭湖にそそぐ。その一帯の8つの名勝は北宋末から南宋にかけて（12世紀～13世紀）画題として喜ばれ、出来た絵に詩を添えるという形式が流行した。元代になると中国では流行はやんだが、鎌倉以降日本にもたらされ、狩野派で好んで描かれるようになる。また、近江八景、金沢八景など各地に八景が作られた。中国の八景は、瀟湘夜雨、平沙落雁、烟寺晩鐘、山市青嵐、江天暮雪、漁村夕照、洞庭秋月、遠浦帰帆。

は明白です。その後、再建された平和を祈願する鐘は、太平洋戦争時に大砲や鉄砲の弾丸にするため没収されました。戦後、残っていた鐘楼は、大分古くなっていましたが、石垣、柱はまだまだ原形をとどめていました。そこは、私たち子供の遊び場となっていました。

K・Aさんの申し出による鐘楼建築は、祥雲寺としては三度目となりますが、簡単には進みませんでした。梵鐘を寄贈されても鐘楼建築にかなりの金額が必要だからです。

檀家全戸からご寄付を募るのはまだ早いと思い、希望者のみの篤志寄付を募りました。ところが、梵鐘を寄付した人だけが鐘に名前が刻まれ、自分達の名前が本堂に記録されるだけでは不公平だというクレームが付きました。役員たちとの話し合いでそれをクリアすると、今度は、昔あった所に立て直さなければダメだと強硬に主張する人が出てきました。

檀家が「昔」と言っても、それは殿様の庇護《ひご》が無くなり貧しい寺になってから十四世住職が再建した場所です。江戸時代の場所は不明なのです。私は、江戸時代の栄華を少しでも取り戻すのが自分の役割と考えていましたので、広い境内・墓地を出来る限り有効に活用しようと考えていました。

なぜなら、狭い範囲で手近にまとめようとすると大成しないからです。荒れたままになっていると言っても、せっかく広い境内や墓地があるのですから、将来、そこを利用することを想定して整備しなければなりません。ところが、檀家のなかには、いくら将来像を提起しても、初めから聞く耳を持たない人がいるのです。

世間を広く見ることの出来ない人を「井底之蛙」（『荘子』秋水）と言いますが、歴史的視点が欠落し、自分たちに与えられている発展出来る環境、条件を正当に評価出来ない人も「井底之蛙」と言えるでしょう。このような人には、心中で「喝」を叫び、妥協せず総代会などで境内を広く使う視点の重要さを説きました。時間はかかりましたが私の希望した所に鐘楼を建てることが出来ました。

東北自動車道のジャンクション問題でも述べましたが、施設を造る際は場所の選定が大変大事なのです。一度造ると簡単に直しが効かないものは、妥協すると後世に憂いを残す事になります。たいていのことは相談して色々な意見をくみ入れることが必要ですが、場所の選定では焦りは禁物で、時間をかけても理想を貫くべきです。

旧弊を打破する

昭和五十七年、父親の十五世住職が脳梗塞性の認知症になり、その上ほとんど動くことが出来なくなりました。しかし、私を副住職のままにし、父親を生涯現役にさせて欲しいというM・K総代長の強い要請がありました。

現役というのは、あくまでも葬式や法要が出来なければなりません。住職が再起不能の病気になり葬式、法要が出来ない上に、後継に決まっている次期住職候補が、まだ住職になる資格が無いとき、特例として、数年、形だけの住職在任を本山が認める場合があります。

私の場合、実力はともかく、住職になる資格があったので、副住職のままでいることは不自然であるだけでなく、宗教法人法から見ても問題なのです。宗教法人法は、宗教的指導者の住職を規定しているのではなく、寺の経営に責任を持つ代表役員を規定しているのです。臨済宗妙心寺派の大本山妙心寺は、一般の寺の住職に当たる宗教的権威の管長と、代表役員にあたる宗務総長とを分離しています。たいていの大本山は宗派の権威と権力を分散しています。

ところが、末端寺院は経済規模が小さいので、住職と代表役員を兼ねることになります。つまり、住職は檀家から頂いた葬儀、法要などでの布施収入をどの様に使うかを決める執行機関の長でもあるわけです。私は住職イコール代表役員ではないので、寺の財産を守る権限が無いのです。それでは困るので、住職代務者という制度を使い、財務に責任を取ることが出来る体制にしました。この体制は、十五世が遷化した昭和五十九年（一九八四）まで、二年間続きました。M・K氏は、十五世と同じ歳（大正五年生まれ）でしたので、飲み友達感覚で総代長（責任役員の筆頭）を引き受けていたのでしょう。そのためか、宗教法人法に理解を示すことはありませんでした。

十五世は、絶えず「宗教法人は無税だ」ということを言っていました。布施収入を、布教や寺院を維持するための費用以外に使えば、当然給料と見なされ、源泉所得税の対象になることを無視していたのです。

昭和五十七年に祥雲寺に戻り、父の経理処理を見てビックリしました。なんと給料は月十万円なのに、実家がある宮城県大和町までタクシーで往復した金額がそれを超えていることが多くあったのです。あせりました。それからは明朗会計に心がけ、父に追徴税が課せられないこと、早く時効期間が過ぎることを願いました。多くの檀家は、葬式や法要後に受納証を渡すと、最初はビックリしますが、次第に慣れてきて、他寺との違いを意識にしてきます。

また、他寺では、檀家一軒あたり一年間に数千円徴収する護持会費の会計処理しか一般檀家には知らせません。ところが、私は壇信徒総会で、葬式、法要でいただいた金額を全部公開したのです。

このため会計処理は大変でした。平日は仙台での授業などがあり、土曜、日曜は回忌供養などが多く時間の余裕がありません。それ以外に当初は年間二十二〜二十三件の葬式、退任直前は四十五件前後の葬式と時を選ばず時間の遣り繰りをしなくてはなりません。そのため、最初の年、昭和五十七年度だけは自分で領収書などを集め整理しましたが、一ヵ月分をまとめて処理すると、領収書をどこかに紛失していたりして自分の持ち出しで処理せざるを得ないこともありました。このため昭和五十九年度からは会計の専門職を事務局におきました。

当初は日本専売公社（後に日本たばこ）を退職した中村昭二さん、中村さんが亡くなった後は岩手銀行OBの菊池正男さんに依頼し、一日の収入支出の日計は当番制で務める事務局員にお願いしました。そしてお金を郵便局の通帳で出し入れするのは私の妻が務めました。

さらに会計を厳格にするため税務署を退職して税理士をしていた山田信雄（写真下）、共子夫妻に指導を受けました。後に山田信雄さんには総代長もお願いし明朗会計のもと健全財政を目指しました。

そのおかげで忘れられない思い出が作られました。脳の手術後、血圧がなかなか安定せず、二週間ほど東北大学病院に検査入院しました。その際、一人部屋の差額ベッドに入れてもらいました。一日分の部屋代がホテル並みの金額ですので、個人の費用では払う事が出来ません。しかし、入院しながら寺の会報作りなどをするため、パソコンを病院に持ち込まなければなりません。一人部屋を

山田信雄さんと筆者（天竜寺にて）。右上が熊谷啓さん

頼むことはやむを得なかったのです。差額ベッド代は祥雲寺の経費で払いました。その後、税務署の調査が入り、この費用が問題になり、税務署の職員は「経費としては認められない」と言いましたので、私は入院時に発行した会報などを見せて一人部屋に入った必要性を主張しました。その結果、署に持ち帰って検討すると言うことになり、後、私の主張が認められました。このような結果になったのも、全収入の公開という明朗会計を行っていたことによるものでしょう。

昭和五十七年度、五十八年度の全収入は確か一千五百万円位だったと記憶しています。その中から五百万円以上を荒れた境内、墓地の整備に使いましたので、やり繰りは大変でした。しかし、「士分かれて三日、すなわちまさに刮目してあい待つべし」『呉志』呂蒙伝注）を心に抱き、他寺に負けない境内、墓地の美観づくりに頑張りました。

このように、他寺では行なわないことを実施すると、「お寺はそんなに潔白にしなくても良い。少し不明の所があった方が良い」との提言をする人が出てきたりしました。たぶん、そのような人は、十五世住職におごられていたのでしょう。「先住さんとはよく飲みました。闊達で愉快なひとでした。」と十五世を褒めるのです。

私は寺での役員会や各種行事の後に、二次会に繰り出すことはあっても、特定の人を飲みに連れ出すことはしませんでした。というより、そういうお金がなかったのです。やがて、十五世を褒めていた人は、寺に出入りしなくなります。結局、そういう人は、寺への奉仕活動など無縁だったのです。

一方、今度の住職は一所懸命やっているなと感じ、色々手伝う人たちが出てきました。まさに、「来る人を拒まず、去る人を追わず」です。

相（すがた）―自分の殻に閉じこもらないで郷土の姿を見つめる―

子供が犠牲になっている実情を知る

「祥雲寺住職として、何とかやれそうだ」。そう感じた私は、「一関の繁栄、地域の繁栄なしに祥雲寺の繁栄なし」という標語を自分と檀家に言い聞かせ、祥雲寺以外の活動を始めました。最初は、一関市立南小学校のＰＴＡでした。

この小学校は私の母校ではありません。私が中学校生の時、ベビーブームで生まれた世代、後に団塊の世代といわれる子供達が増えた結果、昭和三十四年（一九五九）に、市の中心地にあった一関市立一関小学校の生徒を分けるために設立されました。その後、生徒が増えるたびに、増築を繰り返してきた結果、薄暗い迷路のような廊下が続いていました。

また、トイレはくみ取り式で昔風の「おつりが来るトイレ」（大きい一物が落ちると下の糞尿が跳ね返るトイレを私たちはそう呼んでいました）、子供たちは怖がってトイレに行くのを我慢する傾向にあり、健康にも問題でした。

長男が仙台の小学校から二年生に転入、次男が一年生に入学したのが、昭和五十八年（一九八三）ですから、古い校舎部分は二十五年経過しているわけです。その上、高度経済成長の時代ですから、「安かろう、悪かろう」で造られていますし、コンクリートに使う砂も海砂を使用していた時代ですので、至る所劣化しているのです。

教育環境を良くしないといけないという想いで、最初からＰＴＡに参加しました。皆さんご承知の通り、ＰＴＡの役員はたいていの人が固辞します。そのため、最初から全校のＰＴＡ副会長、翌年から会長ということになりました。そして、同時に校舎改築委員会を立ち上げ会長に就任。以後、市長や政治家たちと向かい合うことになります。

仙台の市営太白団地に住んでいる時にも、行政の施策に問題は感じていました。子供たちが小学校に入る前、近くに出来た大きなスーパーに妻が買い物に行く道は、なだらかな傾斜のある草地の中にありました。出会った近くの奥さんたちと草の上に坐り、子供達が走り回っているのを見守りながらおしゃべりが出来たのです。ところが仙台市では、その草原の一部を野球用のグラウンドにしてしまいました。グラウンドといっても狭く、ソフトボール位がせいぜいで、軟式野球の試合が出来るようなものではありません。誰が要望したのか分かりませんが、完成後そこを使っているのを見たことはありません。このグラウンドのため、子供達が走り回ることが出来なくなり、若い奥さん達が子育ての情報交換する場も消滅してしまいました。

おそらく仙台市は、市営の団地を計画するときに、グラウンド造成を既に図面化していたのでしょう。行政とすれば淡々と事を進めただけなのかも知れません。しかし、計画作成後でも、実際の情況を把握し、微調整出来るところは順応的に施策を改めるべきでしょう。団地は出来たばかりで、住民のほとんどは三十歳代の働き盛りの男性と子育ての専業主婦中心でした。そのため、自治会活動も十分でなく、グラウンド造成反対の声が出しにくかったこともあります。また、その時は一九七〇年代後半で、今振り返ると、バブル景気に向かいつつあるときで、行政も住民も、さほど経費がかからない事業に目くじらを立てることもないと考えたのかも知れません。私も短大の仕事と子育てで忙しく何ら反対の声をあげなかった事を後悔しています。しかし、行政はハコモノばかりに目が行き、子供の事は考えないのだということを胸に刻みました。

郷土のマイナス克服を自分の情熱とする

一関に戻りPTAに参加するとすぐ、県議会議員の選挙がありました。もう三十年も前のことですので、誰に投票したかも定かではありません。こんな昔のことですが忘れられない出来事があります。それは、あきれた一関の政治家たちと市民意識です。

投票当日夜、PTA会長のO氏から「すぐ来て欲しい。小学校の通路で国道を渡らなければならないところは、交通量も多くPTAが困っていたが、そこに歩道陸橋をつけてくれた先生の当選祝いに行かなくてはならない」という誘いがあったのです。訳が分からないうちについて行くと、そこは県議会議員S・Mさんの選挙事務所でした。道すがらO氏は「S・M先生は私の弁護士だ」というのです。有力議員が就職の斡旋、交通事故のもみ消しなどに関与していることは巷間しばしば耳にすることでしたが、現実にそういう関係を当事者から聞いて衝撃を受けました。また、O氏は、歩道橋をつけてくれたS・M先生に感謝する会を開催する手順を整え、次の年に会長になった私がそれを引き継ぐ羽目になってしまいました。

公民館での祝宴にS・M県議が招待され、来るやいなや、「この前の選挙、この地区では俺に入れた票がすくないそうだぞ」とぬかすのです。（あまりにも品の無い言い方だったので、私も「言う」の蔑視的表現の「ぬかす」と言いたくなります）

S・M氏はかつて東京で右翼団体に属し、何かのトラブル（金をめぐる傷害事件だったという話を同じ団体構成員から聞いたことがある）で一関に帰ってきたという経歴の人物と言うことでした。彼の形相は、反社会的団体の構成員的なすごみがあり、彼に食らいつかれた企業は、献金を拒否できないだろう事は容易に想像できました。

当時の市長は、このS・M県議の傀儡と言われていましたし、当時の衆議院中選挙区制度で一関市を地盤にしていたS・S衆議院議員も、S・M県議には逆らえない様子でした。この県議は、一関市長をつくり出すための選挙資金捻出を、大型の公共工事発注によるキックバックで行っていたらしく、四年に一度、大型の公共工事が行われることが一関市では定例化していました。

二十五年前、リゾート法によって須川岳（別称・栗駒山）の二十キロ圏内に施設を造ると国の補助率が高くなるということで、市街地から遠い観光地に博物館（写真下）を造り、市長選挙の資金に当てようとしたことが『週刊金曜日』で報道されました。しかし、市民の間では、なんら反応がありませんでした。S・M県議を怖れて表だって批判出来なかったのか、もはや市政に無関心になっているのか分かりませんでしたが、このような市民意識ではいつまでたっても郷土の良い点を伸ばしていく事は出来ないと強く意識するようになりました。

一関市博物館（一関市厳美町）

地域づくりに力が入ってきた私は、住職の立場を利用して、法要後の会食などで、S・M県議の立ち振る舞いを許す市民意識の問題を話しました。会食の席に着いた多数の人の中にはS・M県議ファンがいることを承知の上で発言していたのです。悪い情況を見逃さず改善しなくてはならないとの思いは、多くの人が共通に持っている気持ちでしょう。その際、権力を持つ「巨悪」を相手にすることが大事です。そのことにより、自分より弱い立場にいる人に辛く当たることがなくなります。

さとやま民主主義を人間社会にも

樹木葬墓地（写真48頁）で行なっている選別的下草刈りは、センブリ、キッコウハグマ、セリバオウレンなどの小さな草本類の開花を助けます。かつては農家が堆肥として田畑に鋤き込むための下草刈りは、氷河期からの生き残りと言われるサクラソウなどの草花を助ける役割を果たしました。ところが、化学肥料の利用により、農家の裏山の雑木林は手を入れることなく荒れてきています。そこで知勝院はかつて農家が行なっていた下草刈りを、生態系の多様性を保全するという視点を取り入れ、**さとやま**を文化的に楽しむ空間とするため選別して草取りをしているのです。

つまり、背が高く広い面積を独占しそうな草本類を間引くのです。彼らを殲滅《せんめつ》させるのではありません。他の小さな草花に日照が届くようにするだけです。弱いものを助け、強者が地域を独占することを妨げてモノトーン化を防いでいるのです。**さとやま**の遷移を止めて生物多様性を保全するこの活動は、弱い者を助ける「**さとやま**民主主義」の一番大事なものです。

人間社会でも同様に、弱者を見捨てず助け合うことが大事です。権力者が「一億総活躍」などのスローガンを出しましたがセンスを疑います。現在の日本社会では、社会的弱者の多くが活躍できていません。また肉体的条件でこれからも活躍できにくい人が多数存在します。そういう人々を社会が救済し、みんなが「共に幸せになる」社会を創ることこそ政治の役割ではないでしょうか。

「さとやま民主主義」を学ぶことは、これからの日本にとって大事だと思うのです。

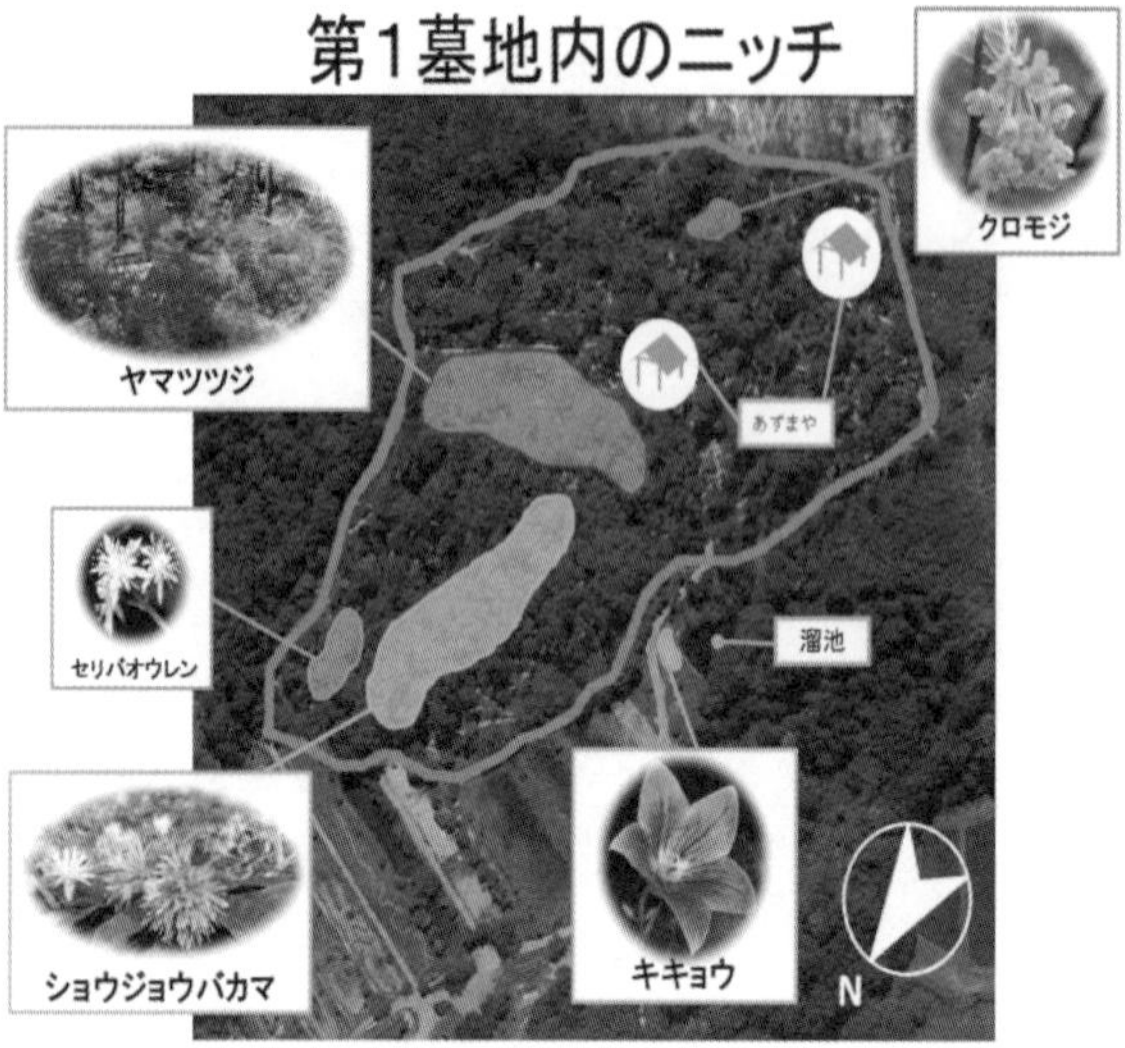

墓地内ニッチ図

僧（仲間たちとの協働）
—行動を通して協働に—

自分の利害より友人との信頼を大事に

S・M県議のファンだった中学校の同級生S・K君は、市政に関心がある熱血漢ですが、県議の表面的な面しか理解していませんでした。そこで、彼の内情を話すと、私同様S・M県議の批判者になりました。その後、S・M県議が県立病院の移転についても画策し、不適切な候補地をごり押ししたため反対の市民運動が起こり、S・K君はその中で中心的な働きをしました。運動の結果、当初案は廃案となりましたので、私が声をあげたことは、少しは役に立ったようです。

同級生というのは不思議な存在です。同級会会長のA・T君は、右翼的思想の持ち主で、上背が一《メートル》八十《センチ》をこす巨体だけでも圧倒的なのですが、滅法腕力が強く、チンピラと喧嘩して相手に怪我をさせて問題になったこともある剛の者です。ところが早世した新聞記者の父を尊敬し文学少年という面もあり、弱い者いじめをすることは全くありませんでした。

一方、同級会の事務局長K・T君は、A・T君とは正反対に、共産党系労働団体の闘士でしたので、政治的な議論ではかみ合わないはずですが、そこは同級生、あうんの呼吸で同級会を何度も開催しているのです。

井伏鱒二の『黒い雨』が映画化されたときには、社会派的な作品なのであまり観客が期待できないだろうとの判断で、A・T君、K・T君が中心になり、街頭に立ち観客動員運動をしました。実は、一関市で唯一残っている映画館は、同級生のM・K君が経営しているので、斜陽産業と言われながら懸命に頑張っている同級生を応援しようということもあったのです。

私たち昭和二十年、二十一年生まれの同級生は、意見の違いは有っても、敗戦の年を意識せざるを得ない年代なので、戦争と平和については敏感です。そのため、会長、事務局長の呼びかけで、僧侶の私、医師H・K君、工作機械会社社長T・M君、声楽家O・Rさんを始め多くの同級生が運動に参加してくれました。

祥雲寺での様々な活動、特に会計の明朗化、境内墓地の環境整備、コーラス部などの布教活動、私個人に係わるPTAや地域おこしの活動は、祥雲寺檀徒でのある理髪店のY・M君が積極的にPRしてくれました。私の活動に同級生が直接参加しなくても、いつも温かく見てくれるので大変励まされました。

檀家制の良さと欠点

祥雲寺檀家からも私の運営方針に賛同する人た

ちが出てきたので、寺務所を別棟に造り、その人たちに事務局として交代で寺を守っていただくようにしました。昭和五十七年に寺に戻った時の葬式、法要などによる年間収入は一千五百万円ほどでした。そのなかから荒れていた境内、墓地の整備に三分の一、本山への上納金、建物の修理、電気水道代で三分の一、残りを布教費と事務局員の日当に充てるのですから、住職の給料は三百万円位、子供五人を養育するのには足りませんので、どうしても仙台の短大勤務を辞めるわけにはいきませんでした。そのため、仙台で勤務している間、檀家の葬式、法要などの日程を決めたり、会計を担当してくれる事務局員制度が必要だったのです。

祥雲寺の檀家は、江戸時代は藩士と少数の商人、職人だけでした。殿様の時代でなくなってから、寺下（祥雲寺は小高い山の中腹にあり、その下の台町地区を俗称で寺下という）の家が少しずつ檀家になっていきました。戦後、新民法のもとイエ制度が廃止され核家族化が進むにつれ、分家が墓を持つようになりその傾向は益々強くなりました。寺下では特に国鉄（後のＪＲ）の職員が多く住んでいました。

私が住職になって間もなく、寺下の熊谷啓さん（写真41頁）がＪＲを退職し、寺下の実家に帰ってきました。彼の父は国鉄の駅長を務め国鉄票をバックに長らく市会議員になっていた実力者でしたので、その影響力もあり、熊谷啓さんのかけ声のもと、藤原甲子、柳橋安治、神崎勉、佐藤亮吾、千葉仁合計六名のＪＲ退職者が集まり、ＪＴ退職の会計中村昭二さんと合わせ強力な事務局を形成しました。

この事務局のもと、会計の明朗化を進め、布施金を出来るだけ境内墓地の清掃に回し、いつ寺を訪れても綺麗だと思わせる環境づくりに努めました。そして高額な葬式時の布施金を押しつけないことを心がけて寺の運営をしました。その結果、ＪＲ関係者の広がりもあり、三十二年間の住職(住職代行も含む)在任中に檀家が三百軒以上増えました。何か目標を立てて実践するときには、自分の利害を捨てる、協働の仲間をつくるなどの重要さを学びました。

ただし、寺と檀家の結びつきで、檀家は「自分の墓があるところを立派にしたい」という気持ちが強いのですから、住職が祥雲寺以外のことを考え行動するときは、積極的に賛成はしません。特に祥雲寺の経営が安定化し、十五年以上勤め、事務局員も後期高齢者になると仕事が惰性化し、新しい仕事を敬遠しがちになります。そんなときに樹木葬がらみの電話が多くなってきました。忙しいのが面倒になったのでしょうか、「祥雲寺以外のことはやりたくない」という声がでました。そこで事務局を解散しました。その後は、祥雲寺のことは事務局のなかで一番若かった千葉仁さんが務めてくださいました。樹木葬・知勝院は別に事務員を雇い、今に至っています。

時流を捉えるためにはいち早く行動を起こす

寺おこしでは「一関市の繁栄無くて、寺の繁栄無し」を自らに言い聞かせ、小学校の改築運動や歴史を活かすための活動を始めました。

そんな中、一関藩田村家菩提寺の「格」を生かす好機が訪れました。それはＮＨＫ大河ドラマ「独眼竜政宗」が、昭和六十二年（一九八七）に放映されたからです。放映が決定した前年、私は檀家を連れて福島県三春町の福聚寺《ふくじゅうじ》に行きました。

三春町は、伊達政宗正室・愛姫《めごひめ》が過ごした所で、戦国大名である愛姫の父田村清顕《たむらきよあき》までの拠点でした。ドラマでは、愛姫の少女期を後藤久美子さん、成長してからは桜田淳子さんがキャスティングされ、放映前から全国的にはある程度、話題になっていました。

愛姫は、豊臣秀吉による奥羽仕置きで、廃藩となった田村家（愛姫の実家）再興を遺言として残しました。実子である仙台藩第二代忠宗は、母の意向を受けいれ、息子（愛姫の孫）の宗良を岩沼三万石の領主とし田村を姓とさせました。そして、宗良の子・建顕の代、天和二年（一六八二）に一関に移され、以来明治維新までの百八十六年間、田村家の一関藩主が続いてきたのです。

祥雲寺は田村家の菩提寺ですから、当然私は愛姫のことを知っています。しかし、一般市民は、全く知らないだけでなく、祥雲寺檀家でもほとんど知ってはいませんでした。放映決定の段階、「独眼竜政宗」で三春がロケ地になり、放映されることは知られていましたが、一関市はストーリーに関係ないので、市民の関心はいまひとつでした。

私は、愛姫と三春が知られていない段階で、三春町と接触を取るのが大事と考え、檀家を連れて福聚寺を中心に放映の前年に三春町への研修旅行を行なったのです。福聚寺は愛姫の父までの墓所で、私が住職を務めていた祥雲寺と同じく臨済宗妙心寺派です。そのためスムーズに両寺の交流が始まりました。

大河ドラマの放映が始まった年、福聚寺では天竜寺僧堂で修行してきた橋本宗久さんが寺に戻ってきていて副住職に就任しました。そこで彼と私が中心になり、一関市と三春町の姉妹都市締結を画策しました。当時の三春町の町長・伊藤寛氏は好意的に提案を受け入れ、昭和六十二年（一九八七）八月に姉妹都市の調印となりました。

その後、宗久さんは、道号の玄侑《げんゆう》を使い、玄侑宗久というペンネームで、平成十三年（二〇〇一）に『中陰の花』で芥川賞を受賞しました。（写真53頁）それからの彼の活躍は皆さんご承知だと思います。平成二十九年（二〇一七）には、姉妹都市三十周年を迎えます。愛姫がつないだ縁、大事に生かしたいものです。

玄侑さん（右）と筆者（芥川賞受賞発表直後）

身近な利益にとらわれない

田村家は、遠祖を坂上田村麻呂としていることから、同じく田村麻呂を祭神としている滋賀県甲賀市土山の田村神社、田村麻呂を開基としている京都市の清水寺（写真54頁）と縁があります。江戸時代の記録には、田村家が田村神社に鳥居を寄進していること、京都市東山にある田村麻呂の墓と伝承されていた墳墓に石の柵を回したりした事が載っています。

これらの縁を復活するために、清水寺には三回本山への団体参拝の折、伝手をたよって田村麻呂公を祀っている開基堂を開扉していただきました。その後も二回参拝していますし、再興田村家第十六代のご当主、田村護顕氏もご家族ご親戚と清水寺に参り親交を深めています。

田村神社も同様に縁を復活し、祭神田村麻呂公一三〇〇年祭には、清水寺の森貫長とともに、祥雲寺からは私の名代として英俊副住職（現知勝院住職）が参加しました。

これらの所に参拝しても、直接祥雲寺や一関に利益があるわけではありません。しかし、檀家や市民を連れて行くことによって、一関の歴史を市民が知るようになることは、郷土愛を深め、郷土に対する誇りを持たせます。これによって、たいていの市民が言っている「一関には何もない」ということが、事実では無いことを知るのです。

また、伊達騒動として知られる寛文事件で、土佐に流された伊達兵部宗勝は、一関三万石の領主であり、その菩提寺臨済宗豊国寺《ほうこくじ》は、明治以降廃寺になりましたが、江戸時代は祥雲寺が兼務して管理していましたので、豊国寺にあった伊達兵部の母の「保性院廟《ほうしょういんびょう》」は明治以降、祥雲寺に移されていました。

この関係で、伊達兵部の孫たちが流された宇和島伊達家支藩吉田藩内の、孫たちの墓がある大乗寺（現愛媛県宇和島市吉田町）との関係が復活しました。大乗寺の故宝林閣・沢井新堂老大師（写真55頁）は、祥雲寺に二度おいで願いましたし、長男の芳覚（現祥雲寺住職）を引き取り大乗寺で

清水寺内で森清範管長と。左端山田信雄氏、右端田村家当主護顕氏

僧侶になる端緒を作っていただきました。いくら感謝しても足りないくらいの恩を感じています。これも歴史の縁があったお陰と言えましょう。

伊達兵部が土佐に流されて十年後、再興田村家初代宗良公を継いだ二代建顕公の時、田村家は岩沼から一関三万石に移封されました。建顕公は奏者番という役目で勤めていたとき、江戸城内で浅野内匠頭が吉良上野介を斬りつけるという事件が起こりました。

幕府は、浅野内匠頭を田村家江戸上屋敷[16]に引き取らせ、その日のうちに切腹を命じました。後に討ち入りが『忠臣蔵』という虚構をふくらませた物語になり、明治以降は忠臣愛国を鼓舞するために、歴史的事実とは無関係の勧善懲悪の物語化が一層進みました。私の子供時代、たびたび忠臣蔵は映画化されましたが、いずれの作品でも吉良上野介は憎々しげな面相にメーキャップされていました。大衆は、悪役・上野介が切られるのを

16 旧芝田村町（現在の港区新橋4丁目28－31）近くに中屋敷、現青山百人町に下屋敷があった。江戸での墓は芝東禅寺にあったが、百年前に一関に改葬。

大乗寺・沢井新堂老大師と

見て喝采していたのです。しかし、例外もありました。吉良上野介の領地であった吉良町（現愛知県西尾市）では、吉良公を名君として毎年町を挙げて供養祭を開催しているのです。

　また、吉良公の正室富子は、米沢の上杉から嫁入りしましたが、上杉には世継ぎがいなかったため、子供を上杉の世継ぎに出し（上杉綱憲）、その子供（義周）を吉良家の養子に迎え、吉良家の世継ぎにしました。この関係から、旧上杉藩の米沢では『忠臣蔵』の映画が掛からなかったということです。米沢に近い川西町《かわにしまち》で生まれた作家の故井上ひさし氏は、一関で講演を行なった際、つくりごとで迷惑をうけている情況を「一に吉良、二に上杉、三、四が無くて五に田村」と述べました。

　島崎藤村、井上ひさし、色川武大など一関に一時住んでいた人や、一関地方出身に多い小説家の顕彰施設を造る目的で、直木賞作家三好京三氏、ノンフィクション作家及川和男氏が中心となって「文学の蔵」運動が一関で発足したのは、平成元年のことです。

　その後、一関市では施設を造る計画がないので、運動は講演会や文章指導などを主体に行ない、今に至っています。井上ひさし氏はこの運動に共感し、講演や文章指導などで積極的に支援しました。忠臣蔵に関する名言は、この運動での講演での発言です。

　討ち入りした赤穂浪士を「義士」とよぶべきだという人からすると、大名を庭先で切腹させた田村も怒りの対象なのです。

　かつて一関市役所を訪れた赤穂市の大石神社[17]前宮司は、訪問時の感想を「一関の人たちは庭先で切腹させたことを何とも思っていない」と不満を感じた旨を神社の会報に書いています。田村家

17　旧大石邸にあった小社を大石神社にすることが明治三十三年（一九〇〇）に許可され、大正元年（一九一二）に竣工した。

は単に幕府の命令でしたことなのに、忠臣愛国のため利用された神社とは言え、歴史を正しく見ない態度はいかがなものでしょうか。

しかし、彼ら忠臣、義士を尊重する立場からの怒りの程度が吉良、上杉より大分軽いので、井上ひさし氏は「三、四がなくて五」に田村だと言ったのです。氏のこの発言は、まことに名言だと思い、私はいつも引用させていただいています。

軽薄な時流に乗らない

世の中では、正しい歴史的事実を知ろうとする人は少数です。どうしても、ただ面白ければよいとする方向に流されてしまいます。したがって吉良に向かうより、赤穂に目を向けがちになります。赤穂市での討ち入りを摸した行列は多くの人を集めます。

吉良町でも地元の奉賛会が中心になり、命日供養の毎歳忌が吉良公菩提寺・華蔵寺で多くの人が集まり開催されています。しかし、供養ですからしめやかに本堂と墓地で行われるので、赤穂のように派手ではありません。

マチづくり、マチおこしでは、人を多く集めることが成功と見られます。そのため、『忠臣蔵』にあやかりたいと考える人が出てくるのは自然の成り行きです。案の定、全国各地から「討ち入りした四十七士のゆかりの地」だということで、赤穂市に姉妹都市の申し込みが殺到しているとのことでした。

一関市でも、当時市議だったY・S氏が熱心に働きかけました。その結果、赤穂市は多くの「義士ゆかりの地」から姉妹都市の申し込みがあるため、それらの都市の回り持ちで「義士サミット」[18]

18 正式名称は「義士親善友好都市交流会議」。平成元年（198

を開催することにしたのです。赤穂市にすれば、体よく負担を軽くするよう裁いたのです。一関市もサミット参加の市に含まれ、今まで二回[19]、開催地になりました。

一関市で第二十四回「義士サミット」が開催されたとき、忠臣蔵に関係する田村家菩提寺の和尚としての私にパネリストとして参加するよう案内が来ましたが、お断りしました。寺は生きとし生けるものの幸せと死者の冥福を祈るのが大事です。私がマチおこしに熱心なのは、生ける者の幸せのためであり、人を殺した「テロ集団」とも言える行為を顕彰することは出来ないので断ったのです。今までの「義士サミット」を振り返ると、私が想定したようにマチおこしには無縁です。なにせ三十一ヵ所の市町村の一つにすぎませんから、気持ちが深く入り込まないのです。それよりも、三十年近くも十二月十四日、吉良公の菩提寺に参拝し続けますと、吉良町の人に一関の名と田村の歴史を知っていただけますので、だいぶＰＲになります。

シビック・プライドは持ち出しで

吉良町に出向くのは私一人ではありません。必ず祥雲寺の役員を連れて行きました。この費用は、祥雲寺の負担です。名古屋から名鉄で西尾駅あるいは吉良吉田駅までというかなりの長旅になりますので、法要の前日、吉良町に宿泊するだけでなく、周辺の観光地も巡り宿泊します。このため、余計出費がかさむのですが、同行の祥雲寺役員はいつもご苦労をかけていますので、そのご褒美という色彩を持たせました。

私が参拝出来ないときは、役員が複数で毎歳忌に出席しましたし、五〜六年に一度、田村家のご

9）成立。現在三十一の自治体が加盟。

19　１９９６年の第八回、２０１２年の第二十四回。

当主「殿様」である田村護顕《もりあき》氏にも参拝していただきました。

このような参拝を続けているうちに、平成二十三年から忠臣蔵で被害を受けている「二」の旧上杉藩米沢市からも吉良町に参拝に来るようになり、平成二十五年には吉良町と米沢市の友好都市締結となりました。

この締結式後のパーティーには、毎歳忌に参加した私たちも招待されました。「三、四がなくて五」の立場なので、数十人の米沢の団体に比し一関はわずか五名と「分」に応じた出席ですが、しっかり一関の存在はアピール出来たと思います。

一関は仙台藩の支藩ですので、かつて伊達政宗が米沢に居城していたことから米沢とも歴史の縁があると言えます。

さらに戊辰戦争で一関藩は奥羽越列藩同盟の一員として秋田に出兵しています。そして、刈和野（現大仙市内）で多くの兵卒を失っています。戦死者を祀っているのは浄土宗本念寺なので、私は住職になってすぐに供養に出かけました。刈和野では、旧正月行事で数千人が引き合う大綱引きがありますので、祥雲寺檀家を引き連れしばしば参加しています。

また、数字の語呂合わせで、東北地方の「一二三」の交流、即ち一関市、二戸市、三沢市の三市交流が始まっていますが、三沢市の仏沼にウシガエルが繁殖して困っていると言うことで、久保川イーハトーブ自然再生研究所の常勤研究員・佐藤良平君がウシガエル防除の指導に行っています。

このように色々な人々が一関市にある歴史の縁、生物多様性の高い久保川イーハトーブ世界での自然再生事業などの情報を持って他の市町村に出向くことが大事なのです。

さらに私たちは、東日本大震災をこの身で受けとめましたので、その経験を生かすことも使命と考えています。樹木葬墓地だけを考えると、北海道から沖縄まで、約二千二百件の契約者を迎えたことは経営面で見ると成功したと言えるでしょう。

しかし、地域おこしとしての面はこれからが正念場です。樹木葬墓地の契約者は首都圏の方が多いので、関東大震災などが起きた時に一時避難場所を提供できるよう施設づくりをしてきました。現在少なくとも三百人以上は一時避難者を収用できる態勢を実現しました。

しかも、それらの施設は災害に強く、維持経費があまりかからないように、間伐材を燃料とするオンドルや暖炉を備えていますし、電気、水道が止まっても困らないよう、飲用水も湧水、井戸水で確保し、下水は近くの沢水を利用できるようにしています。

このような配慮は、先に述べたように首都圏の人向けだった訳ですが、東日本大震災で私の家族が先に享受することになりました。

しかし、はからずも第二部で述べる「2チョウ生活」という私の提案の必要性が実践でためされたのです。熊本の大震災を見るにつけ、震災直後は行政があまり頼りにならないことが分かってきました。民間の自助、共助の必要性が今後追求されるべきでしょう。

第二部　さとやま民主主義

さとやま民主主義とは

古里の原風景とも言える里地里山、すなわち、さとやまの自然が見直されています。しかし、見直しているのは権力者たちではありません。経済高度成長後のバブル経済で手ひどい経験をしたのに、政治家はいまだに成長神話で人々を踊らそうとしています。ＴＰＰで新たな市場開拓をもくろむ新自由主義者は、環境や生態系などは経済的利益に関係しなければ、目を向けることはありません。

新自由主義にかぶれた権力者は、消費税を増やしながら法人税を軽減し、株を持たない市民には絶対したたり落ちることのないトリクルダウンが必ず実現するような言説を振りまいています。

また、二〇五〇年には日本の人口が八千万人台になることが想定されるのに、派遣法を企業の都合の良い方向にどんどん変更し、若者たちの貧困化を促進しています。それなのに子供を増やすよう音頭を取ろうというのは虫が良すぎます。

派遣社員もすでに高齢化しつつあり、その結果、仕事の奪い合いはますます厳しくなり、若者の貧困化はひどくなる一方です。哲学者の西谷修氏は、このような若者の貧困化は、選別的徴兵制へ道を開くと警告を発しています。昨年（二〇一五年）の「安保法案」（戦争法案）に対して、若い女性たちの国会前での参加が目立ちました。ネットなどによって参加した組織に属さない若い女性が多いことは、本能的に自分達の子供世代へ忍び寄る戦争の影を感じたのではないでしょうか。

成功体験を持つ人々は、往事の夢を捨てきれず新しい状況に対応できません。ところが若者たちは、バブル経済を知りませんので再来を期待することもないし、右肩下がりの社会、経済になるであろう事を本能で感じ取っています。

かつては大学に入りサラリーマンになれば、年功序列で給料が上がり、無事定年退職して年金で悠々自適の生活を送れると考えた時代がありましたが、もはや現在はそのような時代ではなくなってきていることも若者たちは知っています。一九九五年の阪神淡路大震災、二〇一一年の東日本大震災などで若者たちの活躍は目覚ましいものがありました。

大都会でホワイトカラーの仕事に就くことを理想としていた世代とは、大分、若者気質が変わってきています。特に女性にそのような傾向が強く、彼女たちは海外に、あるいは日本の農村に、いとも簡単に出向きます。そして、彼女たちは男性に比べ、お金がなくても生きていける強さがありま す。田舎に行けば現金を使わない経済外活動で食料、エネルギーを手にすることが出来るからです。

今では農家でさえ自給自足的な生活をしていません。スーパーに行って買う方が安いので畑仕事もあまりしない農家が増えています。いつの間にか、農村社会も資本の論理に巻き込まれてGDP拡大に一役買っているのです。食料だけでなくエネルギーも、ふんだんにある薪ではなく灯油に、肥料も落ち葉かきや下草刈りで堆肥にすることなく化学肥料にと、お金がなくてはダメな構造に仕組まれてしまいました。

いったん楽に見える生活をすると、元に戻すことは大変です。特に農業の担い手が高齢化している状況では、身体をフルに使う生活には戻れません。息子たちは都会で仕事をしていると土にまみれて働くことを忌避するようになります。ところが、その子供たちに、身体を目一杯使うことをためらわない一群が出てきているのです。いまだ、数は少なくても右肩下がりの社会では、賢明な生き方の選択と言えましょう。

第三部でもしばしば述べていますが、お金をあまり使わない生活をするためには、農村ほど適したところはないのではないかと思います。市町村など行政の支援があれば小水力発電や太陽光、風力発電など各地の自然情況に応じた対応で、エネルギーの自立さえ可能になります。

　内橋克人[20]氏の提言のように出来るのはまさに農村部しかありません。残念ながら、地方行政も旧態依然の企業誘致で人口減、財政減を食い止めようとするばかりの所が多く、将来にわたる持続可能性（サステイナビリティー）を真剣に考えているところは少ないようです。

　しかし、少数ですが限界集落と言われている所、あるいはそれに近い所で、農山村の自然を生かした試みが成功しています。藻谷浩介氏が『里山資本主義』（角川ｏｎｅテーマ21、二〇一三年三月）を著し評判になったのも、里地里山の自然を生かすことが望まれている証左でしょう。

　これらの所が成功しているのは、バイタリティーあふれ、なおかつ地域の自然を生かす能力のある人材が住んでいたからにほかなりません。日本中、生かされない自然はあり得ません。ただし、一つとして同じ条件の自然はあり得ないので、「あそこが、これで成功したから、うちもマネしよう」という根性では、自然を生かすことは出来ません。

　第一部で述べたように、「相」即ち各地の社会的条件、生態系の特徴をしっかり捉えて取り組む、そして「創」に進まなければいけません。それさえ出来る人材が存在すれば、日本の自然は多くの恵みを与えてくれるでしょう。

　このような各地の「相」を見つめ地域の活力を引き出そうという動きは世界的なものです。イタリア発の「スローフード」、イギリス発の「シビ

20　内橋克人氏は、宇沢弘文氏との対談（『始まっている未来―新しい経済学は可能か―』岩波書店　２００９年10月）で、二十一世紀の経済のあり方は、連帯・参加・協同を原理とした共生経済であるべきとし、それはＦ（食糧）、Ｅ（エネルギー）、Ｃ（ケア）の自給圏を人間の生存権として追求していく経済のあり方だと述べています。

ック・プライド」、フランス発の「テロワール」など、全て自分たちの土地の個性を見いだし、地域の活力を図ろうというものです。世界的な動きに目を向けるのも決して否定されるものではありません。

しかし、日本では、古来より『易経』による「光を観る」視点（周易上経「観」卦六四「国の光を観る。もって王に賓たるに利あり。」）、すなわち日本各地をめぐりそれぞれの土地の良さ（光）を感得する観光が盛んでした。この観光こそが、地域の活性化につなぐ大事な視点と思われます。

かつては西行、芭蕉などが詩情を誘う地方に出向きました。現在は、奇観の景勝地、歴史的建造物などを中心に、観光業者がメニューを提出しています。しかし、欧米など成熟した国々からの観光客はそれに飽きたらず、欧米にはない農村部の景観と文化を味わおうとしています。

第一部で紹介した英国人の湿地学者チャード・リンゼイ博士は、一関の樹木葬第一墓地を視察して、最終氷河期の影響をあまり強く受けなかった日本の生態系の豊かさに魅了されたようでした。また、中央山岳地帯などから下り落ちるかのごとき河川は、欧米人が見ると滝に近いと言われます。この急峻な川は、災害をもたらしますが、見事な渓谷美をも作り出します。仙人に憧れて日本各地を訪れたアレックス・カー氏は、四国の祖谷渓に仙人の里的景観を感じ、そこに住まいを造りました。新潟県十日町市松代では、ドイツ人のカール・ベンクス氏が廃屋を利用して自宅を造ったり、施設を造ったりしています。

外国人が日本の農村の良さに魅せられているのに、肝心の農村に住んでいる日本人が良さに気がついていないように思われます。この良さに気付いている日本人は前述したように都会に住んでいる若者たちなのです。これら若者は、右肩下がりの未来を覚悟しているようです。

内田樹氏は『最終講義』（文春文庫　二〇一五年六月）で、「たぶん日本はゆっくりと貧しく、あまり活気のない国になってゆく。残された、有限の資源をどうやってみんなでフェアに分配し、効率的に使い回していくかということのほうに知恵を使わなくちゃいけないということがわかってきた。」と述べています。

私も同様の考えで自然再生事業に取り組んできました。私は「お金のかからない暮らし」という面で右肩下がりの時代をしぶとく生き抜くことを提唱してきましたが、内田樹氏は、「資源の乏しい環境で、支え合って共に生きるための生活環境はわりとシンプルなものです。エコロジカル・ニッチ、「生態学的地位」をできるだけばらけるようにすることです。」と生態学の言葉を使って説明しています。

一関の十一月下旬、**さとやま**では木々がすっかり葉を落としていますが、ウスタビガが「こんな寒いのに」と人間が寒さを感じている時に飛んでいます。また、極寒の一月、二月の樹木葬墓地の雪の上では、クロカワゲラがモソモソと歩いています。彼らは、天敵の鳥が少ない頃合いを自分たちの活動期にしています。

さとやまの樹木葬墓地では、植物も日照と水の分け合いで、四百種以上の草本類が微妙な環境の差を自分たちの要求する環境として棲み分けています。すなわち生態的地位（ニッチ）がかなり細かく分布しています。狭い空間に多くの種が棲み分けできるのは、一関の樹木葬墓地がある台地が、貧栄養の土地だからです。貧栄養がゆえに、日照と水の僅かな違いが植物にとっての生存条件を分けているのです。

しかし、土地の条件だけでは貧栄養の条件が維持できません。樹木葬墓地では、かつての農家が行なっていた間伐、下草刈り、落ち葉かきを代行することにより、墓地内の植生の遷移を止めているため生物多様性が保証されているのです。

樹木葬墓地の通路脇には、二年草のセンブリ（写真下）が多く見られます。樹木葬墓地を中心とした久保川イーハトーブ世界の畦畔などで一般的なこの花は、貧栄養のメルクマール（指標）です。この花は、貧栄養だけでは咲く条件とはなりません。畦畔では農家の草刈り、樹木葬墓地では間伐、下草刈り、落ち葉かきによって日照が保証されていることも条件の一つです。

樹木葬墓地内では、下草刈りをしないと背が高くなるヒヨドリバナ、トラノオなどの草本類やコナラ、リョウブ、タニウツギなどの実生から育った幼木が、背丈の低いセリバオウレン、ショウジョウバカマ、ツルリンドウ、センボンヤリ、センブリ、キッコウハグマなどを覆ってしまいます。そして日照を遮られたこれらの草本類は、花を咲かせることが出来ず、やがて枯れてしまいます。

こうしてみると、かつて農家がシイタケのホダギ（菌を植え付けるコナラの木）や、燃料確保のために行なった間伐、堆肥づくりのための落ち葉かき、動物の餌とするための下草刈りは、さとや

センブリ

ウスバサイシン

まの生物多様性に欠かせないものだったことが分かります。農家の生活に欠かせない行為は、少数の植物たちによる一人勝ちをなくし、それぞれが日照と水分との違いに応じて棲み分けることが出来るよう作用していたのです。

草花の種類が多いことは虫たちにとっても好都合です。なぜなら幼虫の食べる草はほとんど特定の草になっているからです。他地域同様に久保川イーハトーブ世界でも、かなり少なくなっている絶滅危惧種のヒメギフチョウ（写真69頁）は、ウスバサイシン（写真67頁）という草に卵を産み付けます。ウスバサイシンは写真でもお分かりのように、地面に接している草で、花も地面に接しており、タネはアリが運びます。ところが農家が草刈りをやめると、ウスバサイシンは他の背の高い草に負けてしまいます。こうして農家の営農方法の変化などによって、さとやまの環境はウスバサイシンにとって厳しいものになっているのです。

それに伴い、ヒメギフチョウは全国的（関東以北）に姿を見せなくなっています。

久保川イーハトーブ世界で晩秋から初冬にかけ美しい赤い実をつける樹木として、ガマズミ、ミヤマガマズミ、ウメモドキ、アオハダがあります。ガマズミは果実酒に向いています。その他に黒い実をつけるナツハゼはジャパニーズ・ブルーベリーと言うべき味なので、私はジャムにしてヨーグルトに混ぜて食べています。このような自然の恵みは、生態学では生態系サービスの一つ資源供給サービスと言われます。

このように赤くなる実、黒くなる実のほとんどが食糧となるので資源供給サービスとして位置づけられます。一方、瑠璃色に実るムラサキシキブ、サワフタギは図鑑を見ると器具財、木灰は媒染剤として利用とありますので、資源供給サービスとしての面もあるのでしょうが、現実にはほとんど利用されていません。しかし、野にあって瑠璃色に輝く実は人々の目を和ませます。したがって審美的価値があると言え、これは生態系サービスの一つ、文化的サービスに位置づけられます。

ところが間伐をしないと、サワフタギ、ムラサキシキブのような低木は、高木に日照を遮られ子孫を残すことが出来なくなります。樹木葬墓地内では、間伐を行なっていますので、二つとも見事な花を付けています。上述のように、**さとやま**の生態系は、人間に種々の恵み（生態系サービス）を与えてくれますが、それも人間の手が加わって遷移を止めているからにほかなりません。したがって、人間の営みが植物たちに等しく生存の条件を守り、弱いものすなわち背丈の低いものなどにも一定の生息域を与えます。このような**さとやま**の生態系を、基本的人権を守る民主主義になぞらえて、「**さとやま**民主主義」という所以《ゆえん》です。

生物多様性を保持する**さとやま**は、人間が生活する上で、お金があまりなくても暮すことができる条件を持っています。したがって**さとやま**暮らしには、生存権も与えられていると言えます。日本人が、外国の資源に頼らないで遠い将来も生きていくことができる**さとやま**の条件を今後も維持できるかどうか？　**さとやま**民主主義の存続は多くの人々の協力なしでは実現できないのです。

ヒメギフチョウ

ため池をかい掘りした後、生きものを救済するスタッフ

さとやま民主主義をこわすもの

さとやま民主主義をこわすものは、大きく分けて二つあります。一つは農業に対するこだわりからくるものです。「こだわり」というと若干言い過ぎの感がありますが、大規模水田に改良して米の生産効率を上げることに特化する動きです。これは農業の工業化とも言えましょう。

ＴＰＰにおけるアメリカ主導の世界戦略によって、加盟国の自立的な食糧文化は、新自由主義、金融資本主義の下に晒されることになりました。前述したように、当面、米国やオーストラリアの生産性は高く、価格では太刀打ちできませんので、数十年間はこの二国の米を買い入れることで関税を残し、減反と相まって米価を少しずつ下落する程度に抑え大規模農家を何とか支えようとするでしょう。予言者でない私としては、この展望の結末を予測することは困難です。この面ではコメント出来ません。また、大規模化による種々の工事により、かつての生物の賑わいがあった水田や用水路は、化学肥料で富栄養化し、生物の棲みにくい水と米だけのモノトーンの農業工場になることも止めることは出来ません。

しかし、問題は大規模化出来ない中山間地の水田です。そこにも大規模水田と同じような基準が適用されるとどうなるでしょうか。恐らく出来るだけ生産性を高めることを条件にある種の補助金で農家の米作りを支えていくでしょう。そうしますと、中山間地の水田が持つ独特の価値を評価したのではなく、政治家が農家の票ほしさに、ただ税金を使っているだけということになります。

安い米が輸入されると、説得力のない農家への補助金は消費者から非難されることになります。特に財源難の国は、いつかは緊縮財政を実施せざるを得なくなりますから、生産者と消費者の利害が対立する場合、票圧力の強い方に利がある政策を採らざるを得ません。つまり、TPPという外圧を利用して、日本人独特の諦念である「自然の成り行き」を印象づけ、中山間地の農家を切り捨てることになるでしょう。政治家の不作為を隠蔽するためには、時間をかけて「自然の成り行き」を演出する必要があるのです。

欧州では国境地帯を守るため、生産性の低い土地に人を住まわせ放牧や農業、林業に従事させ補助金をあてがう例があります。この直接補助制度(デカップリング制度)は、一律に米作農家に補助金を支給する日本の制度とは大分異なります。欧州では、国土を守るという理念を国民が支持しているからです。

中山間地の農業は、沖積平野の大規模水田と異なり、治山治水と密接に関わっていることが従前から指摘されています。中山間地のさとやまに住む人たちは、奥山にも「入り会い」の山を持っている場合が多いのです。入り会いの山は戦後、住民たちに分割して払い下げられたり、住民たちが税金を払うのを嫌がって国有林になったりしています。このため水源林の所有形態は様々なので、その対策も林野庁、国交省、県、市などに分かれていて一元的管理がなされません。

したがって、水田所有者が山を持っていても、水田は農水省農政局、山は林野庁、川から引く用水は国交省や県などと、ばらばらで国土保全のために何が必要か統一されていません。トイレ、台所の排水問題で、都市下水道は国交省、農村集落排水事業は農水省、合併浄化槽は厚労省と分かれているのと同様の縦割り行政の弊害が水田をめぐる環境にあらわれているのです。

農業、特に米は日本の食糧確保のため重要ということで、折に触れ農業振興が叫ばれ、その都度多額の補助金がつぎ込まれてきました。大都市に新鮮な野菜などを小型飛行機で運ぶため造った飛行機も離発着できる農業用道路は全く使われないでいます。

同じ理屈で、私たちが農免農道（写真73頁）と呼ぶ道路が山を削って造られています。この道路は農家にとってほとんど生活の向上に役立っていません。その代わり信号が少ないために旧胆沢町（現岩手県奥州市胆沢区）の道路はトラック銀座となり、信号が大変少ないため交差点での事故が多発しています。

土地改良区の事業は、もっと深刻な状況を作っています。対象地区内の三分の二以上の賛成で、改良事業が始められるので、小規模の機械で米を作るだけで十分という人もある程度の分担金を払わなければなりません。さらに、水環境を問題にする会議などでは、「水田は私有財産などであなたたちは関係ありません」と、農水関係の役所は、農地に関わる水に対して口を差し挟ませないようにしています。長良川、吉野川などで、市民団体が国交省とやり合っているのとは大違いで、農水関係は門前払いが実態です。いくら私有財産だからといって、ほとんどを税金でまかなう事業に市民を参加させないのは問題です。

農免農道（一関市　知勝院付近）

水田で使った水はチッソなどを多く含む富栄養化した水として川に戻ってきます。そして市民の飲用水としても使われます。川などの水資源は国民みんなのものなのです。それなのに、水田用の水、農地に関わることは既得権だとして、農水省に誰ももの申すことができない情況を国が作っています。農民以外は、農政に関係ないかのように一般市民を扱い、議論の余地を与えないのですから、将来は国民的支持のもとで税金を農地に使い続ける事は困難になると思われます。

さとやま民主主義を壊すもう一つの要因は、農地に対する無関心です。これは農地の工場化と意識構造では同一つのところから発生します。大型化して効率的に利用できない水田は、一律に役立たないものと見られ、大規模スーパー、工場、住宅地…、何に変わろうと関係ないと考えられています。そこでは、かつての水田が果たしていた種々の役割、気温の調節、表土流失の防御など生態系サービスの一つ、基本的資源サービスや生きものたちの生息場所であったことを忘れているのです。

とりわけ、中山間地の水田は担い手の高齢化が進み、担い手が亡くなると水田は放棄され外来種のはびこる荒れ地になっていきます。原発のメルトダウンで避難を余儀なくされた福島県浜通りの水田跡は、秋になると一面黄色一色のセイタカアワダチソウが覆っていますが、それは象徴的な風景に過ぎず、一関でも、あるいは他のどんな地域の水田跡でも、農地を放棄すれば同じ情況に陥るのです。

水田の置かれた情況は、墓地の情況と似ています。東京では、奥多摩などの自然が大規模墓地開発で「破壊」されています。一方、地方では継承者のいない墓地が増えていますので、寺や檀家が無縁になった墓地周辺を整備しないと「荒廃」した情況が進みます。

大河川の氾濫原で大規模農地となっているところの自然は、すでに大部分は工場化した農法による土地となっていますので、もはや自然を破壊したという次元で問題にすることは出来なくなっています。

水田で深刻なのは、小河川の氾濫原まで無理矢理土地改良区の事業を進めようとすることです。小河川流域の人口は少なく、大部分が兼業農家です。子供がいても実家を離れているのがほとんどです。一関の久保川イーハトーブ世界では、子供が一関市の中心部に住んでいる場合も多いのですが、両親の死後、実家に戻ることはありません。

誰も住まなくなった空き家は、撤去して更地にしても買い手はつきません。かえって税金が増えるだけですので放置されたままになっています。私などは改築して都会の人に貸せばよいのに考えます。実際、樹木葬墓地の契約者の方で、夏の間住みたいという希望があり、廃屋を数軒見ましたが、とても改築できる状態にはない所ばかりです。また、兄弟、親戚などでの相続の問題があり、主がいなくなった家は廃屋となり、田畑や家の周囲は藪になり、人が近づくことが出来なくなる有様です。

また、さとやまの原野化によって、十年ほど前にはいなかったイノシシが行動範囲を広げています。これについては第三部でも触れていますが、行政がさとやまの持つ価値を理解しないため、対応策が後手後手となっています。さとやまの良さは、自給自足に近い生活が出来るところにあります。ところがイノシシとニホンジカ（写真下）は、そのような生活を阻害する大きな要因になるのです。行政は声の大きいところ、即ち、人口の多いところ、お金の落ちる工場などの所に先に目がいきます。政治家も票を考えると中山間地はどうしても後回しになります。

15年前からイーハトーブ世界に進出したニホンジカ（2014年3月24日・悠兮庵付近）

しかし、東日本大震災による原発事故や将来予想される東南海大震災などを考えると、日本中、絶えずいつでも避難出来る土地を確保しておく必要があると思われます。そのためには、自分の家に対する思いを少し軽くすることが必要です。

江戸時代は、庶民はたいてい軽便な費用で建築できる長屋での間借り生活ですから、大火で江戸中が廃墟になっても、命さえ長らえることができれば、すぐに復旧の仕事にありつけ、また復旧した長屋に住まいすることが出来ました。ところが現代社会では、家を持つことが一人前の社会人として当然という社会的認識があります。このため多くの人々はローンを組み、マイホームを手に入れます。このため、会社あるいは仕事だけでなく土地と家の不動産にも縛られる結果となります。

いったん資本の枠組みに絡め取られると、そこから完全に逃れ出ることはできません。この枠組みは社会的力、言い換えればグローバルな文明の力だからです。一個人では完全に否定して生きることは出来ません。譬《たと》えとしては適当かどうか危ぶまれますが、このことは司馬遷の『史記』に載る伯夷《はくい》・叔斉《しゅくせい》の故事を思い出せます。周の文王をしたって周に行った二人は、周の武王が殷を討ちに行くのに会い、これをいさめるが聞き入れられず、主君を討つような領主の土地にはいられないとして首陽山にかくれ、ワラビばかり食べ最後には餓死したとされます。二君にまみえることを良しとしない儒教によってその潔癖さが顕彰されることとなります。しかし、この話は、武士道的潔癖感が根強い日本人の体質からは疑問視されます。日本人なら腹を切って諫めるべきという感を持ちます。

また、伯夷・叔斉の生き方は、**さとやま民主主義**の立場でも疑問視されます。**さとやま民主主義**は、農民的生き方です。グローバルな資本主義的経済を否定するのではなく、また、それに代わるものとする大それた考えではありません。ローカルの文化を最大限生かして、グローバルの荒波を和らげ、地域にあった新しい生き方を模索するものです。したがって、どんな情況でもしぶとく生きようとすることが重要視されます。うがった見方ですが、伯夷・叔斉は貴族階級なので、自分で食糧を作り、寒さをしのぐ工作が出来なかったのでしょう。さりとて農民に食を乞うこともプライドが許さなかったのでしょう。

どうも中国では階級、階層間の壁が厚く存在しているようです。支配階級であった貴族や士大夫階級は、政治家としての地位が安定しているときには儒教的世界にいますが、失脚すると老荘的世界に浸りやすくなります。老荘思想は農民的世界観を反映していると言われますが、それを信奉する人は、観念としての農村世界に遊んでいるだけで、身体的に農民と同質の生活はしていないのです。古代中国のエリートたちにとって二元的世界観は観念的安定感を与えますが、あくまでも表の存在意義を持つ儒教的世界の裏面としてしか老荘思想は存在していないのです。

さとやま民主主義で重要視する「しぶとさ」は、中国にあっては、庶民が作り育てた道教にあり、それは現代中国の庶民が持つ金権を重視する体質の社会をつくりあげました。しかし、それは、かつての支配者が持っていた意識を変革したと言う事はできません。金銭による権力は、下から上へ突き動かす力となりますが、上と下、すなわち階級間の厚い壁を融解させる思想を生み出すことはありません。

前述の中国の傾向と日本は全く異なります。その違いは土地が持つ自然環境の差からきます。中国では絶えず異民族の侵入がありますので、ある地域の集団は、まとまって移動します。そうでないと新天地で先住民に撃退されるからです。中国大陸は広いので移住先には困りません。そのため、元来どこに住んでいたかという本籍的ものを大事にする同族意識を育てました。したがって、彼らの故郷への思いは非常に観念的なものにならざるを得ませんでした。

一方、国土の狭い日本では、いたる所に先住民がいます。そして、居住している地域が狭く人口も少ないので、土地を失うと新たな土地に入り込むことは容易ではありません。そのため生業を維持するために必要な土地を必死に守らなければなりません。命がけですることを「一所懸命」という日本独自の言葉が出来たのも、土地が持つ力を重視することからくることが分かります。

江戸時代の長屋は、今風に言えば公営アパートです。自分の資産ではないので、その土地と建物に執着する必要はありませんでした。その点身軽だったのですが、自分の土地と建物を持つ人々の方が裕福だったので、一所を大事に守るという日本的な生活の主流は現代まで変わらず続いてきました。

ところが、二十一世紀に入り、新自由主義的な視点で役に立たないと見なされた土地が多く出現したわけです。果たしてこのまま放置して良いのでしょうか。**さとやま**は、新自由主義的な価値観では置いてけぼりにされます。しかし、農村（**さとやま**）と農業はイコールではありません。

私たちは役に立たないと考える人が多くとも、いざというときの避難地、または、生物多様性の高い地域として海外にも発信できる時代まで、樹木葬という手段を使い久保川イーハトーブ世界を良い条件のまま将来世代に渡したいと考えているのです。

2チョウ生活に向けて

政治家は耳に心地よい言葉しか話しません。平成の大合併は、国からの交付金を減らされると財政が持たない町村に、国が飴と鞭を使い実現させたものです。財政力の弱い町村は、交付金を減らされると赤字再建団体になりますよという鞭と、合併すれば特別の補助金をあげますから今のうちに必要な施設を造りなさいという飴とを与えられました。

右肩下がりの社会動向をしっかり受けとめ、国からの交付金や補助金が減っても、減ったなりに工面してやり抜こうとして合併しなかった町村もありました。一関市の姉妹都市福島県三春町もその一つです。一方、一関市には多くの町村が雪崩を打って合併に駆け込みました。その時、合併すればこんな未来がありますと、行政は盛んにＰＲをしました。しかし、平成の大合併は、国の財政難からもたらされたもので、玉突き状態でそのしわ寄せが地方自治体を襲ったのですから、最初から甘い夢を描くことが無理なことは、たいていの人々は察していたはずです。なぜ、「厳しい情況をみんなで乗り越えよう」とか、「知恵を出し合って町や村を守っていこう」と前向きの体制を作れないのでしょうか?

かつて「一所」にこだわったのは、狭い土地でも集約的な農業で生活が出来たからです。その条件は今でも変わっていません。「さとやま」の自然は身体さえ使えば、お金をほとんど使わなくとも生活出来るのです。

ところが戦後、経済成長のおかげでホワイトカラーといわれるサラリーマンなどの事務職が好まれるようになり、会社に「一生」ささげることが中流の生活ということになりました。そのため、いつの間にか、「一所懸命」が「一生懸命」という言葉に置き換わってしまいました。それだけ、「一所」にこだわることがマイホームだけに限定され、土地と生活の糧とは切り離されてしまいました。

このように自然の恵み（生態系サービス）を利用して低所得でも生きることができる土地は、会社的な存在と無縁である限り関心が向けられることはありませんでした。人口減で商店街、住宅地の路線価が下がるにつれ、中山間地の資産価値も下がっています。誰も買わない荒れた中山間地は、ますます増え、多くの集落は「増田レポート」で指摘された消滅する限界集落と見なされるようになってきました。

しかし、このような情況だからこそ、**さとやま**はチャンスを迎えているといえます。テレビ朝日では、朝の気象番組で東京近郊の花の名所を背景に映します。都内の名園であったり、近郊の公園などです。多くは、何十万本の○○が植えられているといった人工的な植生によるものです。色々な山野草が静かな**さとやま**に咲いている生物多様性に富む自然を好む私にとっては、お金をかけて何十万本も花を植えるというのは、高度経済成長期に、何でも大きいもの、多いものを持て囃した時と同様の意識で、その時の軽薄な意識の延長と考えています。東京の人たちは、この様な人工的植生しか愛せないのか、かわいそうだなと考えていました。

ところが休みが続くと、東京の人々は一斉に遠くの観光地に出かけます。その中には、民泊などで農村の風景を楽しみに出かける人もいるようです。したがって、数は少ないのですが、一見、何もない農村にしか見えないところの価値を理解出来る人が出てきていることは確かです。元世界銀行副総裁の西水美恵子氏は、毎日新聞「時代の風」(二〇一五年一月十一日付)で、国際観光を勧める視点で次のように述べています。

たいてい「なあんにもない田舎」にはるばる外国から観光客が来るなど、夢物語だと笑われる。が、観光を物見遊山ではなく、バカンス(休養)の旅と考えてと反論する。地方の過疎化は「静寂化」。バカンス客をねらう観光部門は、過疎化を制にする輸出業だ。(中略)「なあんにもない田舎」の資源は、静寂な空間と、自然を守りつつ活用する人里の景観。…

そして、そのバカンス人種の理想郷に遭遇したとして国東半島を紹介する。ところが、富貴寺の国宝、大堂の御仏に「心打たれ、涙が出た」が、寺の出口にはためく、世界遺産を目指そうという幟旗《のぼり》に「ビンタをくらった」とし、ユネスコの世界遺産との関わりで、次のように述べる。

「遺産」はモノだけではない。それを育んだ地域の自然と文化を守り、住民全体の生活を豊かにする包括的な高価値・少客数観光戦略が要る。それなしには「遺産」の価値が減少し、地域の持続的な発展につながらない。

彼女は、世界各地を見ているので、地元の人が「なあんにもない田舎」と思っている自然に価値を見いだすことが出来るのです。地域づくりには、若者、よそ者、バカ者が必要とされるのも、日常に埋没している地元民が見つけにくい長所を彼、彼女らが掘り起こすことが出来るからです。

『犬と鬼』（講談社　二〇〇二年四月）『ニッポン景観論』（集英社新書　二〇一四年）などの著者アレックス・カー氏も、外国人だからこそ、日本人がほとんど意識しない電柱、コンクリート、看板だらけのマチや田舎の汚さを指摘し、逆に日本人が見捨てたような祖谷渓などに価値を見つけたのです。また彼はいかにも作ったという自然ではないたたずまいに美をみいだしています。京都府木津川市の浄瑠璃寺について、彼は次のように述べています。

ここの庭は日本庭園のようにきっちり整えられていなくて、自然のままのたたずまいです。雑草も茂っていますが、そこがかえって心地よく、訪れると気持ちがほっとします。

しかし今の日本の感覚では、ここのお寺は「汚い」ということになってしまうかもしれません。戦後から工場でモノを大量生産することが国の主流となって、ついに政治、行政、教育、法律、金融制度、町並みにいたるまで、あらゆる社会の仕組みがその犠牲となってしまいました。

戦後はついに、それが文化面にも浸透していき、美的感覚まで「工場思想」に染まってしまいました。（『ニッポン景観論』106～107頁）

さとやま民主主義の嫌うところは、生物多様性を阻害して自然、生態系、人の心…これら全てを一面的（モノトーン化）なものにする動きです。

私が始めた樹木葬墓地のある久保川イーハトーブ世界は、一関市の中心部から車でわずか二十分から三十分のエリアです。ここは旧達古袋村で、その後萩荘村に統合、そして戦後一関市に統合された所です。車の時代になり、しかも新幹線が出来て東京駅から三時間以内で到着できる場所になりました。ところが、一関市民は、中心部から「近い」という意識がないのです。ここには工場などが一つもないので、一関の市街地から久保川イーハトーブ世界に行く人はほとんどありません。実家や親戚がいる人を除いて、そこに行く人は山菜やキノコ採りを趣味にしている人ばかりでした。

このような市民意識の場所ですから、久保川イーハトーブ世界の実家から職場の関係などで市街地に住まいを構えると、次第に一般の市民意識に感化され、実家の土地に愛着を持たなくなります。その結果、両親亡き後、実家は放置されたままになってしまうのです。知勝院では、こういった荒れた土地を購入し、二十年間で約三十万平方メートルになりました。墓地はそのうち約六万平方メートルで、他は契約者が自然体験するための施設（ログハウスなど）（写真83頁）や、自然観察林、水生生物を保護するためのビオトープ（池）などにしています。

かなりの面積ですので、購入にはずいぶん費用がかかった事だろうと思われるでしょうが、誰も欲しがらない土地ですので、購入価格はたいしたことがないのです。それよりは、荒れた土地を整備する方が大変です。しかし、知勝院では、十七年にわたり少人数でコツコツと整備しているうちに、要領をつかんできました。そのため、業者に依頼したときの二〜三割程度の費用で自然再生が出来るようになったのです。

自然再生によって、豊かな植生が蘇りますと、山野草好きな都会の人々を誘引します。知勝院では、研究者やボランティアの人が宿泊できる施設がありますので、一週間くらい宿泊して外来種の抜き取り作業などを手伝ってくれる人が出てきます。こうしてくると、一関の久保川イーハトーブ世界が第二の住まいの様相を呈してきます。いわば住まいが重なってきます。この久保川イーハトーブ世界が第二の町（チョウ）として、住まいが重なり「重（チョウ）」ます。このようなあり方を「2チョウ生活」と呼ぶことにするのです。

ログハウス「悠兮庵（ゆうけいあん）」

2チョウ生活の必要性

限界集落が次々と消えていく可能性を指摘した「増田レポート」を受けて、地方自治体は大都市からのUターン、Iターン誘致にますます力を入れています。中には成功している所もあるようですが、移住にはかなりの課題をクリアしなければなりません。特に若い世代を中心に働く場を確保出来るかが一番の問題になります。農業、林業、水産業は自治体の強力な援助と、移住者の強い意志があれば何とかなりそうに思われますが、暮らしていけるだけの住まいと生活費を維持するのは並大抵ではありません。

また、移住先の集落とのつき合い方も難しい問題です。田舎の若者は、地方に職場がないことだけでなく、封建的に思われる慣習を嫌って都会に出て行った面もあるのです。それなのに、都会から来た若者にムラの慣習をすぐに受け入れることを期待するのは酷です。本当に移住者を集落に定着させたいのなら、受け入れる集落側の人々の意識もある程度改めなければなりません。これはなかなか難しい問題です。ですから、移住したものの、挫折して都会に戻った人が結構多いという話が巷間伝わってくるのです。挫折例を分析すれば、今後の移住策の参考になるのですが、自治体は失敗例を紹介することはありません。このため、経験が蓄積されないのです。

一関市でも空き屋バンクという制度を作り、空き屋を紹介して移住者を募っています。また、東日本大震災で被害に遭い、一関市に仮住まいをしている人も多いのですが、多くは仮住まいの意識にとどまり、第二の古里として一関市を選択するという段階には至っていません。それもそのはずです､今まであまり縁が無かった所なのですから。

東日本大震災でも、東京電力福島第一原発の事故で、広域避難をしている人たちの苦難は格別です。こうした人々は、避難先と古里とのとの関係で行政サービスが十分受けられない可能性がでてきます。そこで提案されているのが二重住民票の提案です。福島大学の今井照氏『自治体再建―原発避難と「移動するムラ」』（ちくま新書　二〇一四年）や首都大学東京の山下祐介氏『地方消滅の罠―「増田レポート」と人口減少社会の正体』（ちくま新書　二〇一四年）などで、この二重住民票の問題が論じられています。この問題は、現在の法律との関係では、実現が難しいと思われますが、是非とも実現させるべき提案だと思います。ここでは山下祐介氏の前掲２４９頁の一部分を引用しておきます。

原発避難という、制度が想定していない事態が発生してしまった。だが制度はそのままなので、実態を制度に合わせなければならず、そのことで矛盾が生じ様々な問題が起きている。ならば、制度のほうを実態に合わせ、調整を図っていくべきだ。

法律を簡単には変えられないというのは、ある意味では大事な要素です。中国のように法律よりも中国共産党幹部の意思やお金（賄賂）が優先するような人治の国になっては困ります。憲法の政治的安定性をもとに、法律も安定性が求められます。しかし、その安定性は社会的大変動に際しては、国民の支持のもと政治家が一致して官僚を指導して柔軟に法律を変える必要があるはずです。しかし、私たちは、前述したように、法律が変わるまで諦観しているわけにはいきません。そこで提起しているのが**さとやま**民主主義です。

さとやま民主主義は、直接、原発避難民を救う手立てを持っているわけではありません。藻谷浩介氏の『里山資本主義』は、グローバル資本主義に代替できる（オルターナティブな）ものという面を主張していますが、さとやま民主主義は、藻谷氏ほどグローバル資本主義と対決的ではありません。それは別次元の考え方だからです。喩えれば、中国において儒教と老荘思想は対立的でも、人間的、身体的には表裏一体のものとして存在しているからバランスが取れているのと同様のものといえます。

　また、中国において、今でも庶民生活の基本として農暦が生きているのと、さとやま民主主義とは通じるところがあるのです。庶民にとって月の満ち欠けは、自分の目で確認しやすい存在ですが、太陽の公転については知識人、支配者の指示を仰がなければ理解できません。そのため基本的に庶民は太陰暦[21]だけで良いのですが、太陰暦のままでいくと、アラブ世界の断食月（純粋の太陰暦による）のように太陽暦とずれてきて、四季の訪れを敏感に取り入れて農耕する人々には問題が出てきます。そこで中国の支配者は太陽の公転を二十四に分けた二十四節季とを組み合わせ、立春と農暦元日とがあまり離れないように閏月を入れた農暦（太陰太陽暦）を採用したわけです。いわば公的支配のために太陽暦は大事なのですが、庶民にはどうでも良い事なのです。農民は二十四節季さえ分かれば農暦で構わないのです。

　中国は極めて政治的と言いますが、自己を強烈に主張する民族的特徴を作り上げてきましたが、その表面的な行動形態（パフォーマンス）に幻惑されてはいけません。一元的な日本人と異なり、

21　太陰暦の晦日（カイジツ）　カイジツを「つごもり」とも「みそか」も一般に言うが、「みそか」は三十日の言いである。太陰暦は一ヵ月が三十日（大）の月と二十九日（小）の月とがあるので、三十日は月が見えなくなると言う意味の「つごもり」が正しい。月の満ち欠けの周期は平均二九・五三日なので、二十九日と三十日を単純に繰り返せば一年は平均三百五十四日になる。ところが太陽の公転は約三百六十五日なので、平均十一日のずれが出てくる。そこで冬至を起点とした二十四節季とで調節して閏月を入れ、季節があまりずれないようにしたのが太陰太陽暦である。

二元的な面を使い分けることが出来る民族的体質があるのです。その体質に対する日本人の感情は様々でしょうが、身体的にバランスの取れた行動は、個人的には見倣う面もあります。

私が別次元、すなわち資本主義と二元的に連立する存在としてさとやま民主主義を措定しているのも、資本主義はやむを得ず従うだけで、特にグローバル金融資本主義とは関わらなくても良いと考えるからです。現状ではグローバル資本主義に負けた人々の生き方として捉えられても構わないのです。私たちは国ではなく国土を愛し、しぶとく生きて行く事を模索しているのです。

日本の自然は、いつ大災害が起きてもおかしくない情況にあることが分かります。その上、権力者は原発を続けたいようですので、自然大災害やテロによって東京電力福島第一原発の事故以上の事態も考えなくてはなりません。

もちろん、そのようなことを許さない政治的行動は一番望まれるところです。しかし、同時に、東南海や関東に大地震が起きる確率が高くなっているとき、まず市民自らが、いざというとき避難できる第二の古里候補を決めておくことが求められています。政治、行政に依頼する「公助」だけでなく、まず自分の力で、自分が愛着を持てる、しかもいざというときお金をあまり使わずに住むことができる地域を決めておくことは、「自助」の最たるものではないでしょうか。

また、決めた第二古里は、年に数回ゆっくりと滞在することが望ましいでしょう。そのことによって地域の環境、近隣の人々となじんでおくことは、最高のバカンスとなるでしょう。私が始めた樹木葬墓地は、単に納骨の場所というだけでなく、生前に第二の古里として過ごしながら、いざというときに避難できるよう施設を準備しています。

この施設を使い長年樹木葬墓地の契約者を対象に研修を実施してきました。この研修を通して、多くの方が、久保川イーハトーブ世界の生態系を理解し、生物多様性に富むかけがえのない地域だと認識して頂きました。そして、研修を通して知った日本在来種の多いこの地域を守るために、研修経験者の一部は、施設に泊まりながらヒメジョオン、シロツメクサ、セイヨウタンポポなどの抜き取り作業のボランティアをして下さるようになりました。

このようなボランティア作業は、体力に応じてある人は一時間、ある人は三時間と自由に選択できますし、この作業によって、来年どのような環境に変わるかが楽しみとなります。そして、私たちが進めている自然再生事業に貢献しているという実感が持てるのです。その上、知勝院と久保川イーハトーブ自然再生協議会にとっては、ボランティアの協力によって草取りをするための人件費を軽減出来ますので、双方共に有益であるという共益性（ウィン・ウィンの関係）を実現することになります。

双方がお金をあまり使わないで有益性を確保出来ることは、さとやま民主主義が狙う大事な視点です。このために、二つの愛するマチ（ムラ）を重ねて持つことは、これからの右肩下がりの時代において、「しぶとく」生きる生活の知恵の一つとなります。いくら政府が金持ち優遇の政策を遂行して、貧乏人を顧みなくとも、「どっこい俺たちは生きていくぞ」という強さを持つことが、これから必要となって来るのです。

2チョウ生活を阻害するもの①

ニセ物にだまされない

普通の人が「なあんにもない自然」と思っている所が、極めてバカンス的な観光に今後有望なことは前述しましたが、それを理解しないで誤った郷土愛を発揮して地域おこしをしようとする人がいます。

そういう性質の活動は、土木工事で自然を破壊するのと異なり、善意を基にする場合が多いので誤りを正すのはやっかいです。

また、お金儲けや自分に都合の良い立場を築こうとする者は、意図的に善意の人を騙すので犯罪行為とも言えるのですが、第三者が被害を受けていると指摘しても、当事者はそう思っていない時が多く、問題解決に時間がかかります。

その典型的な例が、ニセ古文書『東日流外三郡誌《つがるそとさんぐんし》』でした。この作者和田喜八郎氏は、恐らく戦後間もなくからでしょうが、青森県津軽地方の歴史に係わる事項を集めて、偽書づくりに励んだのです。彼自身は単に骨董品を高く売りつけるためにニセ古文書づくりをしたのかも知れません。そして、先祖が残した古文書ということにして、何か都合の悪いことが指摘されると、これは写本であるから寛政時代に書かれた原本を見れば解決すると言い続けてきました。しかし、当然のことながら死後までその寛政原本は現れる事はありませんでした。

このニセ古文書作者は各地で発掘調査が行なわれると、それをいち早く取れ入れて、針小棒大《しんしょうぼうだい》に物語をふくらませたのです。それによって、一部が真実だから、この文書は本物だという人々が出てきました。旧市浦村（現五所川原市）の山王坊についての記述もその一例です。ここでは、端的にそのでたらめぶりを指摘している、民間の古代

史研究者・齋藤隆一氏の文を紹介します。（『だまされるな東北人』65頁、本の森　一九九八年）（写真下）

いろいろな資料をあれだけ書きまくった和田氏の文書の中から、ある一点のみを考古学と一致したなどと主張する事は、こじつけにすぎません。

古賀達也さんなんか、市浦村の山王坊について、特に熱心に主張しているのですが、内容を見ると、石段とか普段にありうる部分だけ合っていても、残りの大部分は全く違っています。それを「考古学との見事な一致」などと主張しているのです。

これについては、藤村明雄氏が考古学関係と『東日流外三郡誌』を比較研究していますが、彼らが見事な一致と主張している事項は、そのすべてにおいて出土や報道が先で、その後に文書が出現しているのです。

つまり、後出しジャンケンのように次から次へと、発掘の後、「新しい古文書」が作成されて出てくるのです。たいていの発掘調査書は地味なものですし、一般市民は報道されても知らないでいる場合が多いので、ニセ古文書による発表（＝新しいニセ古文書の出現）と発掘の前後関係を知らないままに、宣伝力の強い方を信じてしまうのです。

だまされるな東北人

前掲の『だまされるな東北人』は、各地で地域おこしとしてニセ古文書を利用した祭りなどが行なわれていることを案じて、私が中心となってまとめた本です。この冒頭は、霊感商法で世間をさわがせた統一教会のマインド・コントロールに立ち向かうために指導的役割を果たした浅見定雄・東北学院大学教授（当時）との対談で、「だましの法則」についてふれています。

浅見氏はその中で、アリゾナ大学のロバート・チャルディニーという人の『影響力の武器』（誠信書房）から、だましの法則を紹介しているのです。人間は五つか六つの心の法則を利用すれば誰でも騙されるそうです。その第一が「権威」の法則で、何々大学院の教授推薦などと言うとすぐ信用してしまう人がでるというものです。

ニセ古文書では、昨年（二〇一五年）亡くなった私立大学の教授だった古田武彦氏が、昭和六十三年（一九八八）十月に、ニセ古文書を読み、著者の秋田孝季（和田喜八郎氏がでっち上げた人物）に感激した（古田武彦著『真実の東北王朝』による）ことで、大きく変わりました。大学の先生が保障したからと言うことで、一般市民が騙されやすくなったのです。これが「権威」の法則です。

第二のだましの法則は「希少性」です。ニセ古文書は、資料の少ない古代、中世の時期について の「新しい」資料を提出したために、古代史の研究者までもが、自分の見解を補強するために引用してしまったのです。研究者の説に合致するのは当たり前で、和田氏が研究者の説を利用して書いたものなのです。この「希少性」で騙されたのは東北の国立大学の学長をした某氏です。その立場を考えると、一般市民に対する影響は大きく、大変罪深いと言わざるを得ません。この研究者は退官後に反省の弁を述べていますが、彼によって騙された人もいるかも知れないので、もっと積極的にニセ古文書について否定の活動をすべきと思います。しかし、自分が騙されたことは恥ずかしいことで、メンツもあり、強く否定出来ないのでしょうか？　この大学では、直近の学長が今年平成二十八年（二〇一六）に自家用車によるあて逃げで学長を辞めました。驚くべき学長のモラル低下はこの大学の特徴なのでしょうか？　浅見氏によれば、古代史研究者の元学長某氏の場合、これは「コミットメントの法則」というものにあたるようです。一度自分が肯定的に捉えたものを自己否定するのは難しいのです。それにしても、その大学に入った学生に罪はないのに学長のせいで問題の大学と思われるのはかわいそうです。

公的機関にもニセ物が

二十年前、ニセ古文書に騙されている人が多いことに危惧を感じ、『だまされるな東北人』の取材に津軽地方を歩き、多くの人に会いました。弘前市で縄文土器を作っている中田宝篤氏（写真93頁）もその一人です。中田氏によると、各地の博物館で展示している遮光器式土偶には、かなり氏の作った物があるということでした。彼は遮光器式土偶を作る際、縄文式土器の破片を再利用して作るので、絶対ニセ物と見破られることはないそうです。そして、この遮光式土偶をアラハバキ神などとして利用したのが和田喜八郎氏でした。このように、公的機関と言えども、出所、由来のあやふやな物を展示するのは危険です。

ところが一関市では、今のところ、伝説と判断せざるを得ない情況の「舞草刀《もくさとう》」（写真93頁）を「日本刀のルーツ舞草刀」として市立博物館に飾っています。これには古物商のT氏が伝説を利用して当時の市長を巻き込んだことから起きたことなのです。

このT氏は、数年前問題になった米国の会社が発行するニセ学位を「舞草刀の論文」によって取得したとして新聞社に売り込みました。岩手日報は、このニセ学位についてウラを取り記事にはしませんでした。ところが、岩手県内のＩ紙はＴ氏の言うことを鵜呑みにして記事にしたのです。

そこで私はＩ紙に乗り込み、担当の部長に、ニセ学位の説明をし、「このような記事を掲載した

中田宝篤氏（右）と筆者

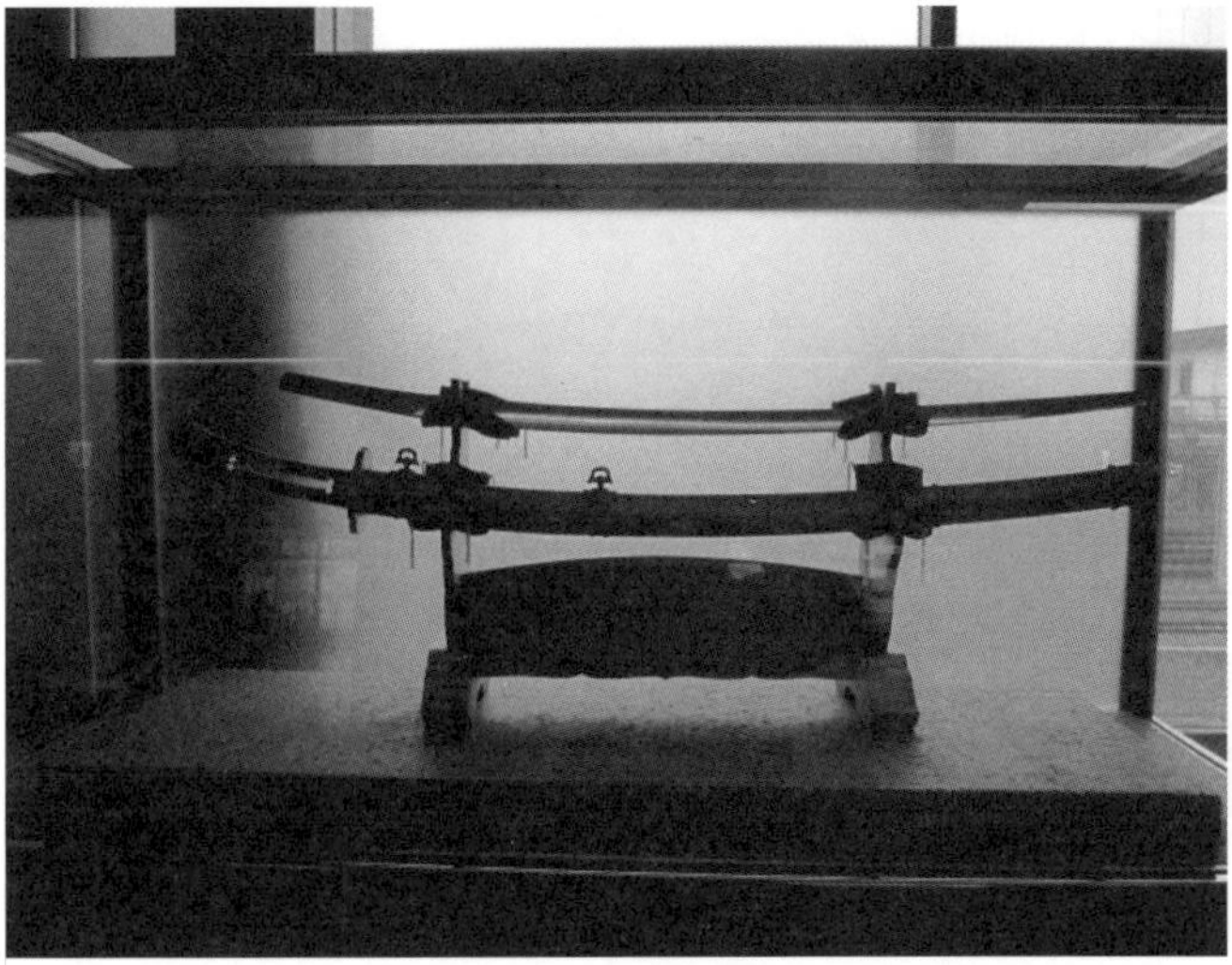

一ノ関駅での舞草刀宣伝

までは舞草刀としてT氏に言われて安物を高く買う人が出るかもしれない。訂正記事を書くべきだ」と申し入れたのです。そうすると、担当部長は、「T氏に言われたことを、そのまま客観的に書いたから問題ない」と言ったのです。米国の学位制度を知らなかったことは仕方がありませが、調べもしないで間違った記事を掲載して、それが「客観報道だ」というのですから話になりません。

この後、心配した通り、この記事を信用して学位取得の祝賀会を仲間で開催したとのことです。このT氏は、前述したダマシの原則「権威の法則」を利用したわけです。一関のような田舎町では、アマチュアの地方史研究者しかいないので、ニセ学位のことなど知らないだろうと考えたのでしょう。その後も、市博物館では、舞草刀の位置づけを変えることもなかったようですし、いまだにT氏は舞草刀の講義をしているそうです。

このような怪しげな物を、地域おこしとして利用することは危険ですし、対外的に評判を得ることは出来ません。交流人口を増やそうとする2チョウ生活を勧める上で害毒にしかなりません。

ジャズ喫茶「ベイシー」

2チョウ生活を阻害するもの②

無関心と惰性

久保川イーハトーブ世界には霜後の滝周辺にカタクリの群生地があります。そこでは滝から流れ落ちる音を聞きながら、新緑や紅葉を楽しむことが出来ます。ここは、一ノ関駅前から車でわずか十五分の所ですが、一関の市街地に住む人で知っている人はごく少数です。

一方、ジャズ喫茶「ベイシー」（写真94頁）は、音響の素晴らしさとマスター菅原昭二氏（ペンネーム菅原正二）の個性によって遠方からジャズファンが訪れることで有名です。

ジャズといっても色々あるのでしょうが、私はボリュームある音響のもとでジャズを聞くことは好みません。どうもその原因を自分なりに分析すると、母を小さいときに亡くしたことにあるようです。そのせいで、ボンヤリとセミの鳴き声などだけが聞こえるような静かな寺の空間になじんできたので、大きな音に拒絶感を持ってしまうのです。また、音楽や絵画の世界に誘う友人もいなかったので、全く芸術と関わらない殺伐とした人間に育ちました。このため、自分から進んで「ベイシー」に行く事はありません。しかし、遠方からわざわざファンが来るのですから素晴らしさがあることは認めざるを得ません。

私は地域おこしが専門と言っていますので、良い所すなわち、霜後の滝や「ベイシー」に行きたい人がいるときには出来るだけ案内します。（ベイシーには忙しいときには入り口まで案内するだけですが）

「ベイシー」は、ジャズ愛好家だった直木賞作家色川武大氏が、純文学の作品を執筆するために一関市に住むきっかけを作った所です。前述したように、色川氏は麻雀小説を書くときは阿佐田哲也というペンネームを使っていました。したがって、麻雀が好きな人にとって神様ともいえる阿佐田哲也氏が来客として座った「ベイシー」の室内は一見に値します。お客が少ないときには（そして気分が良いとき）、マスターが色川氏のエピソードを語ってくれるかもしれません。私のようなジャズの門外漢が行った時、他の客がいないと静かな調子のジャズをかけてくれるのです。さすが、良く客の素性を見抜いて対応するものです。

この「ベイシー」から歩いて一分の所に一関唯一の映画館・シネプラザがあります。また、歩いて二〜三分の所には、酒蔵を改装した「世《せ》嬉《き》の一《いち》」があり、地ビール、餅料理で知られています。このような都市的施設のある市街地と、そこから車で二十〜三十分の久保川イーハトーブ世界。この異質の性格を持つ地域が一つの生活圏として近くに存在することが大事なのです。

人間は都会的なものに惹かれる一面と、田園的なものに惹かれる一面を、それぞれ補完的に持っています。通常は、都会に住みながらも、休みなると田園的な自然に触れたくなるのは、森から平原に二本足で出て、文明とともに都市を作り出した人類の本能と関わっているのです。

この人間が内面に持つ二面性を活かして交流人口を増やすことが、これからの地方には求められます。そのために、自分たちの地域にどんなもの、どんな所があるかを知る必要があります。一関市周辺には、平泉の金色堂、渓谷美の厳美渓、猊鼻渓などがありますが、観光業者のルートだけに頼っていたのでは、一度訪れた人が再度訪問することは期待できません。

前述した西水美恵子氏が「なあんにもない自然」に感動したように、自分が「ここの自然はいいなー」と感じた所、よその人が「うちの〜はいいよ！」と言っている所に敏感でなければいけません。どうも一般の人は、他人が良いと言っている所を実際に見ていないことが多いのです。そのため、他の良さと悪さを客観的に判断できず、人まねの地域づくりをして、個性を殺している場合が多いのです。

第三部で、私は平泉の観光地としての問題点を、かなり多く指摘しています。それも平泉に来る人の中で、お仕着せのルートを回りながらも、「おっ！　いい自然があるな。今度少人数でまた来よう」と思う人がでてくるような環境整備を望むからです。

残念ながら私の声は全く届いていません。現在の東北自動車道平泉衣川インターチェンジから中尊寺前の駐車場まで五分位で到達できるのに、さらにもっと便利にするために毛越寺そばにあるパーキングエリアをＥＴＣ用のサービスインターチェンジにしようとする運動があるとのことです。万一、それが実現したら自然環境はますます悪くなるだけでしょう。大型バスで有名な観光地を巡るのが観光の王道だという固定概念は捨てなければなりません。

右肩下がりの経済、人口減の成熟化した社会…これらの要素は、地域づくりにおいて観光の重要性を高めます。しかも、行政、観光業者まかせの地域づくりでは成功しないことをも物語っているのです。旧来の習慣、惰性を捨てて自分たちの地域の姿をしっかり見つめることが必要です。

分不相応の施設は憂いを残す

地方から若者たちが大都会に出るのは仕方がない面があります。地方には働く場がないから仕方がないと地方の人自身が思っているからです。しかし、内田樹氏が述べているように、学生たちは地方に目を向けているのです。それなのに、肝心の地方の人たちが、自分たちの土地の良さを実感し、アピール出来ていないのです。

私どもの久保川イーハトーブ世界では、東京都出身の佐藤良平君が、久保川イーハトーブ自然再生研究所の常勤研究員として活躍しています。彼には十分な給料を出せないので申し訳ないのですが、それにも関わらず、生物多様性に満ちた久保川イーハトーブ世界の生態系が彼を引きつけているのです。

他の地域でも、自分たちの地域の良さに目覚め、成功した例があります。その例の一つとして有名になっている豊後高田市に、十一年の歳月を経て昨年（二〇一五年）三度目の訪問をしました。私の目的は、宇佐八幡の荘園だったために多くの古文書類が残っていることで知られる「田染《たしぶ》の荘」でした。ここは、私が平成五年（一九九三）から一関市厳美町本寺地区を国の中世荘園遺跡として指定されるよう運動を始めた時のモデルとした所なのです。（詳しくは『だまされない東北人のために―地域おこしにニセ物はノー！―』本の森、二〇一六年六月参照）

本寺地区は、中世に描かれた絵図二枚があるため、中世荘園として、「西の田染の荘、東の本寺」というキャッチコピーで訴え、国の史跡指定を得ることが出来ました。

その後、本寺はかつて中尊寺経蔵別当の荘園だったということで、平泉の金色堂などをユネスコ世界文化遺産に申請する際、一度、その中に含まれていましたがイコモスの調査で相応しくないとして除外された経緯があります。

岩手県や一関市は平泉の世界遺産に追加登録されるよう努力しています。その努力の一環なのでしょうか、一関市は三億円以上をかけ、道の駅的要素を含む交流館（写真99頁）を造りました。この施設が行なう米、野菜の販売は、現金収入が得られる地元農家にとって有り難い面があることは確かでしょう。しかし、中世の素朴な面影を期待して本寺を訪れる人は、乱立する電柱と空を遮る電線、歩くと足が痛くなる舗装道路…これらと食事をすることが出来て絵図の説明が立派な画面で行なわれるというメリット…どちらが良いと思う

本寺の交流館

のでしょうか。

一方、十一年ぶりの田染の荘はどうだったでしょうか。案内を頼んだ豊後高田市の職員との待ち合わせ場所には、以前にはなかった小さなビジターセンターが出来ていました。その近くの水田周辺には、研究のために来ていたと思われる大学生風の数名が歩いていていました。

約束の時間前に着いたので、ビジターセンターに行くと、誰もいないのですが戸は開いているのです。入ってみると、少人数で会議が出来る程度の部屋の壁に田染の荘の紹介パネルがあり、壁際の長机には宣伝用のチラシが置かれていました。まことにのどかなものです。

その後、市役所職員に案内していただきましたが、十一年前とほとんど変わっていません。ビジターセンターも、中世荘園世界を壊すようなものでなく、また維持費もあまりかからないことが明白です。豊後高田市は人口二万三千三百人（平成

二十八年一月現在)、それに対して一関市は十二万人余ですから、財政規模から見て彼我の施設との差は当然なのでしょうか？

私は決してそうは思いません。一関市のビジターセンターは、将来維持費の負担に苦しむことになるでしょう。車で十分ほどの距離に、市立博物館（これも前述したように問題の施設です）があり、施設の性質が重複するのですから…。

たとえ本寺が平泉のユネスコ世界遺産に追加登録されたとしても、荘園遺跡は一般の観光地のように大勢の人が押し寄せて見学するということを期待すべきではないでしょう。関心のある人やグループがじっくり歩いて回るということが主で、そういう面で対応できるようにすべきだったのです。置かれている情況を直視しないで背伸びした「分不相応」の施策は、必ず将来に禍根を残すでしょう。

人任せの施策は成功しない

十一年ぶりの豊後高田市では、初めての訪問になる妻と娘も一緒でしたので、熊野磨崖仏や富貴寺などを巡った後、マチおこしに成功した「昭和の町」をゆっくり散策しました。昼食を取るため入った食堂では、チャンポンみたいな物を食べましたが、昭和の時代から値段を上げていないとのことでした。量は多くないのですが、年寄りにはちょうど腹八分目でかえって良かったと思いました。

一関市に帰ってから調べると、豊後高田市は、最初、大手のコンサルタント会社に委託してマチおこしを考えたとのこと。その案は古い商店街を壊して近代的な町並みに作り替えるものだったそうです。その案はお金がかかりすぎることで取りやめ、古い町並みを逆にアピールする逆転の発想で、昭和の香りがするほのぼのとした商店街を保存しました。

私たちが訪問したときは、二月の平日にもかかわらず、大勢の人たちが訪れていました。豊後高田市のマチづくりが成功したことは明らかです。大手コンサルタント会社の言いなりで、個性のない近代的町並みを作ったならば、恐らくお客が来ず借金だけが残るということになっていたでしょう。

大手コンサルタント会社は、政府や大企業発注の仕事を受けることに慣れていますので、その意向を図案化したり、プランをまとめることなどは上手です。地方行政からマチづくりに関して委託を受けることも多いでしょう。また、種々の地域づくりのプランを作成し市町村や企業、寺院に売り込むこともあるでしょう。しかし、彼らには地方独自の文化を発見出来る能力はありません。

一関の樹木葬墓地に、あるプランナーが見学に来て、他寺院に売り込むための樹木葬墓地造成の企画書を作りました。出来上がって渡された企画書を見ると、誤りだらけなのです。彼らは、売り込むことが目的なので、**さとやま**の自然など、どうでも良いと考えていることが明白なのです。その意図が見えたので、誤りを正すことはしませんでした。

恐らくそのプランナーと同様、「**さとやま**の自然など関係ない、墓地を売りさえすれば良いのだ」という寺院や団体は、その企画にのって土地を切り崩したり、切り崩した土地に重機を使い人工的で自然再生とは無縁の「亜流樹木葬墓地」を造成することでしょう。そのプランナーは、墓石の代わりに樹木を使うという点だけを真似しているのです。重機で地形まで変える工事をしたところは、長い歴史的時間をかけて形成されてきた生態系を壊してしまうのです。そこに造られた「樹木葬墓地」は、もはや都市公園と同様の人工的な空間に過ぎなくなります。そういうものを「樹木葬墓地」と称するのは、発案者である私に対する冒涜です。

豊後高田市の「昭和の町」と私が始めた「樹木葬墓地」は、都市とさとやまの違いはありますが、どちらも長い年月を経て形成されたものを尊重しているという点で共通するのです。他の成功例を参考にすることは大事ですが、自分たちの土地がどのような環境と歴史を持つかを考えない模倣は結局失敗するでしょう。さとやまの自然は複雑ですので、都市工学的な視点で工事をしてはいけないのです。

企業誘致は万能ではない

若者の流出を止めるために、地方のマチはいずこも企業誘致を考えます。これは人口数によって国からの交付金が決められるため、市町村にとってはやむを得ない面があります。しかし、たとえ誘致が成功したとしても、喜んでばかりいられません。その企業の環境への負荷、永続性が問題になるからです。

2チョウ生活が出来るためには、さとやまを守る人が必要ですが、企業に勤める若者にそれを期待するわけにはいきません。彼らは、さとやまの実家から通う場合もありますが、結婚すると多くは通勤に便利な郊外にマイホームを建てます。彼らの多くは企業の永続性を信じてローンを組みます。ところが、どんな企業も経済動向の波に襲われます。ある企業は倒産し社員は路頭に迷います。またある企業は工場を集約するために、岩手県の工場をたたみ希望退職か愛知県や九州などの工場勤めかを選ぶよう迫ります。

このような事態は、一関市でもありますが、岩手県で一番誘致企業が多い北上市は、特に顕著です。これらの所で多くの人がリストラされた後、ローンを払えないため離婚したり自死に至ったりしています。これら不幸に見舞われた人も、多くは実家に農地があるので、当初から無理なローンを組まず、万が一の時に、実家の農地を活用して開き直り「しぶとく」生きる道を想定しておけば良かったのにと残念に思います。

また企業誘致は永続性の他に環境面で負荷を残す場合があることを懸念しなければなりません。岩手県釜石市は鉄の町として栄え、最も人口が多かった昭和三十年代後半には九万六千人を数えました。ところが釜石製鉄所の繁栄のもと、港湾の整備、東北自動車道へのアクセス道の整備、水産業の六次産業化（一次、二次、三次産業のすべてを網羅すること）、野菜など米以外の作物栽培促進…これらを行なうチャンスだったのですが、全く未着手と言っていいほどのまま高炉廃止を迎えたのです。一つの産業だけにこだわって、その果実を味わっているだけではダメだということを教える例といえます。

自然環境への負荷では松尾鉱山（現・八幡平市）が有名です。この鉱山から流れ出るヒ素を含む鉱毒水は松川から北上川に流出します。そのため下流の盛岡市の北上川は、長年、茶色に濁り魚が棲めない川となっていました。その後、国が鉱毒水を中和して放流することにより、北上川は清流に戻りましたが、中和するための費用として毎年七億円程度かかっています。この費用は半永久的に必要とされます。今のところ国が全額負担していますが、財政難の国は、岩手県にも一部負担を求めてきています。かつて硫黄採掘は産業立国、軍備拡充などの国策に寄与したといっても、孫子の代まで負債を払い続けなければならず、岩手県民にとって困った遺産と言えるでしょう。

一葉落ちて天下の秋を知る

企業誘致は問題もありますが、一関においては、久保川イーハトーブ世界に今のところ悪影響を与えるものはありません。しかし、これからも安泰と楽観視は出来ません。

二十数年前、知勝院第一墓地と第二墓地の中間に産業廃棄物の埋め立て地が設定されたことがあるのです。地元住民の反対にも係わらず設置が強行されましたが、不法な廃棄が見つかり、そこを運営する会社が倒産し、不法物は搬出され久保川が汚染されることもなくなりました。

現在、一関市では福島第一原子力発電所がまき散らした放射能が付着した稲わら、放牧地の牧草、側溝などの汚泥をどこに仮置くか決まっていません。一度、市が決めた場所への搬出は住民の反対で実行されていません。そこは住宅地も近くにあり、住民たちが反対するのも当然でしょう。そうすると市は、住民が少ない地区にねらいをつけるかもしれません。

それ以上に心配なのがＩＬＣ（国際リニアコライダー）です。これは宇宙の謎を解くためにＣＥＲＮ（欧州原子核研究機構）のＬＨＣ（大型ハドロン衝突型加速器）が行なっているのと関係します。ＬＨＣは一周二十キロメートルの円周上の施設で、高エネルギーで陽子同士を衝突させ、その反応で（百億×十億）分の一メートルの世界を見て宇宙の謎を解こうとするものです。これに対し、ＩＬＣは三十キロメートルの直線上で電子と陽電子を衝突させるものです。

岩手県と一関市は、ＩＬＣ誘致をかなり以前から行なっています。今の所、岩手県から宮城県にかけての北上高地と、福岡県から大分県にかけての背振山脈が誘致合戦を繰り広げています。国も委員会を設置し検討しています。実現すれば、研究に従事することになる量子宇宙論などの研究者は、地形、地質などを勘案して、北上高地がベターである旨を決議しています。それを受けて一関市などでは国内候補地決定などと喜んでいます。

しかし、ＩＬＣは国際協力の施設として計画されているので、国が候補地として名乗りを上げるまでには、相当の曲折が想定されます。第一に施設設置を実現するまでに数兆円の費用がかかると想定されていますが、誘致した国は、かなりの比率の高さで費用を分担しなければなりません。二〇二〇年まで東京オリンピックと東日本大震災復興の二大事業と熊本県の復興事業を続ける結果、日本国の財政は疲弊し、とても多額の負担に耐えることは出来なくなっていると思います。

　特に中国との緊張した関係のままでは、中国がある程度の金額を負担して日本に設置したＩＬＣを支えることは考えられません。米国、欧州はいずれも現在の施設をバージョンアップした方が良いと考えているようなので、これまた費用負担を期待するわけにはいかないでしょう。

　さらにＩＬＣは研究者の受け入れ施設で経費面でかなりの負担を覚悟しなければなりません。岩手県と一関市は、研究者とその家族で人口一万人の研究都市ができると計算しています。どうも行政は夢をばらまいている感が強いのですが、その経費はどうするのでしょう。岩手県と福岡県との財政力では、とても岩手県には勝ち目がありません。新しい国際都市を造るとなれば福岡県の方が有利なのは明確です。誘致が成功すれば全て国が面倒見てくれるからという前提で誘致を行なうのは危険です。このため、第三部の「いわての風」でも、こういう企業誘致的なものをマチづくりの中心に据えるのは問題があると指摘しています。

　この度、工事開始が決定したリニア新幹線では、採掘した大量の土砂や、地下水を分断する可能性などの環境破壊が問題視されていますが、ＩＬＣでも同様の問題が起きるでしょう。さらに、「いわての風」でも触れたように、国が多額の費用を厭わないということになれば、その見返りに原発ごみ（高レベル放射性廃棄物）の最終処分場を押しつけられることになるでしょう。

　このような種々の問題を考えると、ＩＬＣ誘致は早く断念した方が良いと思います。そして中国の動きを注視すべきでしょう。中国は独自にＬＨＣより大型の円周上施設を計画しています。今のところ技術上の制約から陽子を衝突させる施設ですが、その後、電子と陽電子を衝突させる施設を造る予定と聞いています。お金があるので独自に実験施設を造ろうとするのでしょう。

今のところ技術的に中国は独自にＩＬＣを造ることは無理なようなので、このタイミングで国際協力態勢に巻き込み、日本の技術力を売り込み、研究者村にも日本の資金をつぎ込めば、研究上も日本に有利な情況が作れますし、政治上の緊張緩和にも役立ちます。そして日本国内にＩＬＣを造るよりはるかに少ない資金で済ませることができるでしょう。

ただし、それは実現することはありません。次の例が良い範例となるからです。

中国が働きかけたＡＩＩＢ（アジアインフラ投資銀行）に、日本は米国に追随して加盟しませんでした。初めはアジア中心に十数ヵ国の加盟にとどまると想定された加盟国は、英国などの欧州各国も加盟し、五十ヵ国を超えています。中国は独裁国家なので情報の開示など危うい点が多々あるのですが、欧州各国は自分たちが加盟することにより民主的な運営に持って行けるのではないかと考えているのです。

しかし、ＥＵ諸国の判断は甘いと言わざるをえません。ＡＩＩＢでは中国が拒否権を握り、有無を言わさず中国本位の主張を押し通すことが可能となっているからです。それでも日本が最初からＡＩＩＢに入らないという選択は稚拙でした。まずは話し合いの中に入り、その中で非民主的な部分を指摘すべきだったのです。

ＡＩＩＢとＩＬＣは全く無縁のようですが、つながる点もあるのです。「一葉落ちて天下の秋を知る」とは、一見小さなこと、無縁に見えることから大きな世界の動向が推測できると言うことなのです。

現在岩手県には原発がありませんし、生物多様性の高い**さとやま**が残っています。この特徴を保持し続ければ、二十一世紀後半には他地域から羨まれる地域となるでしょう。決して企業誘致的なＩＬＣなどで、自然を破壊してはならないのです。

いたるところに ILC の宣伝（左は市役所、右は一ノ関駅前のビル）

さとやま民主主義の理論化

カタカナ語とさとやま

これからの右肩下がり社会を人々がどう生きていくかということを考える際、**さとやま**の生態学的な言葉、ニッチなどを使うと分かりやすい面があることは内田樹氏の言を引用して述べました。その他、経済学や哲学など欧米では先進的かつ多様な思想が展開していますので、新しい考え方を述べようとするとき、あるいは学者、インテリ同士の対話や対論ではどうしても外来語、文章にするとカタカナ語が多くなります。

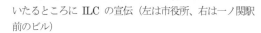

そうしますと、私のように英語が嫌いで勉強してこなかった人間にとって、カタカナ語の多い文章は、なかなか理解しにくいものとなります。

例として、昭和三年（一九二八）に黒谷了太郎という人が書いた『山林都市』から二十の単語を例示しますが、皆さんはいくつ分かるでしょうか。

　田園サバーブ、オートクラシー、ミリョナー、ヴァニティ、ランヅケープ・アーキテクト、コンヴァート、アンフヰシエター、スポイルスポリテイシャン、エキゾーダス、デセントラリーゼイション、乍去、迚も、縦令、態々、庶幾、差閊へ、却々、噬臍の悔、翕合、将又。

　カタカナ語以外の字は、戦前の文章を読んできた人はある程度分かると思いますが、カタカナ語は英語以外の発音も混じり難解です。私は『カタカナ新語辞典』を利用しながら読むのですが、その辞書にも載っていない時は、インターネットを使って調べます。

『山林都市』を書いたのは、後に山形県鶴岡市の市長になった方で、トルストイ的博愛主義の影響で、武者小路実篤の「新しい村」運動などが起きていた頃の人です。内容は、山林に恵まれている地方都市に理想的な計画都市を造るべきだということです。

　その計画都市に関して、「山の姿を眺め得る様に立案すべきである。」「日本都市の街路は電柱を見る丈《だ》けにて、些《いささか》の美観を與《あた》へないので～」とか、景観論として現在でも見るべきものがあります。しかし、全体に、外国の例などをふんだんに引用し、理想を述べただけで現実性があるようには受け取れません。黒谷氏は市長在任時、政争に巻き込まれ短期間で退職したようです。

　黒谷氏の例のように、理想は大事ですが、土まみれで働いている人々に訴えるのにカタカナ語ではうまく意図が通じないのではないでしょう。九十年以上前の事例を示しましたが、現在でも同じことが言えるのではないでしょうか?

　次に、インターネットから名古屋市で行われた「シビックプライド・トークセッションレポート」という会の紹介でのSさんのまとめを見ましょう。

従来のフォントは、歴史性を反映したものが多いと言われます。では、そこに風土や地域性を反映させることは可能だろうか？　という着想から、「都市フォント」の構想が生まれ、「金シャチフォント」が完成しました。（中略）今後の展開としては、文字ならではの特性を活かして、スケール・分野・メディアを横断し、ムーブル・ウエアラブル・サスティナブルな形でコミュニケーションポイントをつないでいきたいと考えています。

最近『カタカナ新語辞典』を使っていますので、上述の一つ一つのカタカナ語の意味は分かるのですが、全体でどういう事を訴えているのか良く分からないのです。まあ、大都市での集まりですので、私のような田舎者には分からなくても構わないのでしょう。私たちが地方の良さを呼びかける時にはこのようなハイカラ（これは死語のようですが）な言葉は無縁でしょう。

ただし、今後の社会のあり方などで傾聴に値する人たちの表現について行けないのは残念な思いもします。例えは次にあげた二十の単語は皆さんどれ位お分かりでしょうか？

ソリューション、フェイクしてのリアル、アンポラリーな時間、自己形成のロールモデル、コーリング、ヴォケーション、ロマネスクな作りごと、キャリングキャパシティ、シンク・ディファレント、チアー・アップ、リバブル、リゾーム、シュリンク、トリガー、グラデーション、アウトカム、オーバーアチーヴ、カミングアウト、テクスチュアルな言語、コロキアルな言語。

これらは、『ぼくたち日本の味方です』（文春文庫　二〇一五年十一月）で、内田樹氏と高橋源一郎氏の対談中で発せられた言葉です。カタカナ語が多いので、私などは辞書片手に読まなくてはならないのです。まえがきで、この対談のインタヴュアー渋谷陽一氏は、「今、人気を集める多くの物語が、喉越しのよさと口当たりのよさを売り物にしているのに対し、この内田・高橋両氏の語る思想は、一見、かなり商品性が低いように見える。しかし、僕は音楽評論家として仕事をしてきた人間だが、ポップ・ミュージックに付き合って五十年、最終的に勝つのは、苦く喉越しの悪いリアルだということを知っている。」と述べています。

　確かに、平成二十八年（二〇一六）二月十一日現在、各種世論調査で安倍晋三総理内閣の支持率が五〇パーセントを超えるという国民意識下では、両氏の言は渋谷氏が指摘するとおりです。私も地元ではＩＬＣ誘致翼賛体制のもと、企業誘致的なものに頼るのは良くないと発言していますので、喉越しの悪いことばかりを言う人間として見られています。ですから、内田、高橋両氏の対談内容には大変同調するところが多いのです。

　しかし、私みたいな英語嫌いな田舎者にとって、両氏の表現形式は、せっかく良いことを言っているのに大衆に伝わりにくいのではないかと残念に思うのです。特に、お二人があまり第三者を気にせず語り合っている話題の時は、内容が深いのですがそれに比例してカタカナ語が多くなっています。私などは、こういう表現では理解できる人が減るのではないかと余計な心配をするのですが、文庫本になっているところを見ると、こういうカタカナ語を理解できる若者が増えて来ているのかも知れません。そうであれば良いのですが…。

　私たちは国に見捨てられつつある地方都市の、しかも限界集落と言われつつある**さとやま**でしぶとく泥臭く生き延びようとしています。そういう立場からすると両氏の発言内容は確かにリアルで身体性を感じさせるのですが、どうも武士的というか格好が良すぎるのです。芸術、文学などの博学さがそうさせるのかも知れませんが、新渡戸稲造の『武士道』の表現を思い出させます。

結局、カタカナ語を使おうと使わないとにかかわらず、問題は内容だとは言えます。九十年前の黒谷氏には理想論を具体化するためには事例が外国にしかなく、日本においては皆無であったことに同情すべき点がありますが、具体策を欠いたところに理想論者の限界があったと言えます。

しかし、現代では、したたかにマチおこしに成功している所が出てきています。それらを良き事例としながら、自分たちの郷土の「相」をしっかりと見つめ理論化し実践するために、カタカナ語の多い文章でも内容の良いものは、辞書を片手に向かい合わなければなりません。

特に生態学に係わる言葉はカタカナ語が多いので、それらを踏まえた上で、地元の言葉でさとやまの自然再生に資する理論を確立し発言、実践しなければなりません。

一方、ファション的な体裁だけで中味のない文章でカタカナ語が多いことも事実です。コンサルタントに依頼したものや役所が作る政策などで、そのような傾向が強いので、そのようなものに惑わされないことが肝要です。私たちは、今のところ樹木葬墓地の契約者（現在約二千二百件）を対象にした「2チョウ」生活ができる地域づくりを目指しています。まことに小さな試みですが、行政に期待できない以上、まず、自分たちで実践するしかないのです。

私たちの地元・一関市も観光都市を目指して振興計画を策定しようとしています。新聞で見る限り、「一関ブランドの発信」「観光資源の活用と情報提供の充実」などで、インバウンド（訪日外国人観光客）の取り込みなどを目指すということです。

しかし、この姿勢は、デービッド・アトキンソンの『新・観光立国論』（東洋経済新報社　二〇一五年六月）で問題視する「ツーリスト・トラップ」におちいる可能性があります。彼は、日本の地方では「評判ほどの魅力のない、供給者側の都合を優先した観光地」を多く見かけるとし、「これは多くの場合、観光客が訪れるだけの魅力が乏しい地方が魅力を磨く代わりに、マーケティングを徹底的にやって、観光客を呼び込もうというものです。」と述べ、さらに「当然、マーケティングで実力を水増ししているので、すぐに馬脚があらわれます。日本のカメラマンの、観光地を良く魅せる技術はすごいと思います。ただ、実際に行ってみると、写真どおりでなかったと観光客がガッカリする。…」と地方都市の観光政策に苦言を呈しています。

第三部で、私は町並みが汚いなど平泉の問題点(写真下)を述べていますが、一関市の観光地においても同様の問題点があります。それを解決しないで、すなわちアトキンソンが言う「実力を磨く」ことをしないで情報発信だけに夢中になるのでは、「ツーリスト・トラップ」のマチと捉えられかねません。とりあえず、一ノ関駅を降りて、歩いて「ベイシー」などがある一関の文化ゾーン

電柱と電線が目立つ中尊寺通り(平泉町)

まで行く途中のマチ並み改善、須川岳を望む厳美渓一帯の電線の地下化、骨寺村荘園絵図の中心地ともいうべき中沢の道路から電柱、電線を見えなくする…などを始めるべきでしょう。

私たち久保川イーハトーブ世界では、久保川イーハトーブ自然再生協議会（写真左と下）を立ち上げ活動しており、環境省東北地方事務所、岩手県、一関市も加盟していますが、活動経費は一切自弁です。そのため経費的に苦しい面はありますが、行政と協働はあっても干渉からは独立しており、そのために独創的な地域づくりが実践できているのです。

平成28年3月20日の協議会総会

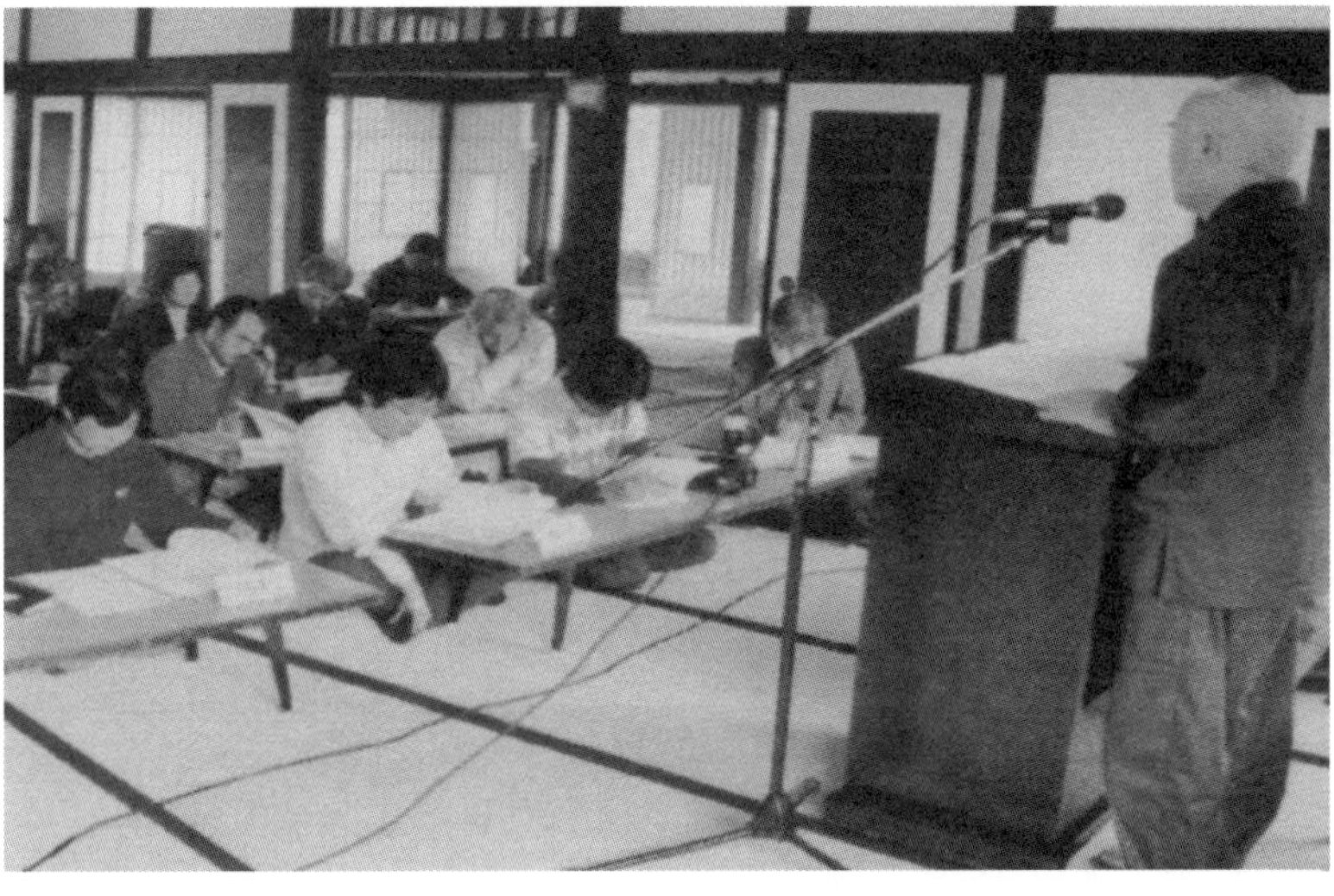

久保川イーハトーブ自然再生協議会設立総会（平成21年5月）

10のソウによる「生きもの浄土の里」づくり

10の「ソウ」とは、**荘**（むら）、**爽**（さわやか）、**草**（くさ）、**藻**（も）、**奏**（かなでる）、**騒**（さわがしい）、**蔟**（むらがる）、**争**（あらそう）、**喪**（なくす）、**僧**（みんなで）です。それでは、一つずつみていきましょう。

「相」を調べて新しい気づき

第一部で地域づくりの要点である想、相、創、僧による祥雲寺の寺おこし、次に久保川イーハトーブ世界の地域おこしに触れてきました。

久保川イーハトーブ世界の地域づくりは、樹木葬墓地という独創的な墓地を私が開創したことにより始まります。この開創にいたる経緯の詳細は『樹木葬和尚の自然再生』（地人書館　二〇一〇年三月）に詳しいので、そちらをご覧ください。

当初から地域おこしの視点が主でしたから、「どうしたら人を引きつけることが出来るか？」をいつも考えていました。つまり、「2チョウ生活」をすすめに至る路線は最初から引かれていたのです。

一関に戻ってから、地域づくりの会議にしばしば参加するようになりましたが、一応短大に勤め研究者の一面を持っていましたので、地域づくりの会議などで実践に肩入れしない口先だけの研究者に会うたび、第一部で述べた「説的不如幹的」を思い出し、こういう人とは同一視されたくないなといつも思っていました。

そのため、平山健一・元岩手大学学長の肝いりで発足した北上川流域連携交流会を通して、この活動で知り合った生態系に詳しい千葉喜彦氏と共に、北上川水系磐井川の支流・久保川流域とその支流・栃倉川の全流域を二人で歩きながら調査しました。

それまで、樹木葬墓地を世に知らしめるためには、久保川流域の良さを売り込まなくてはいけないと考え、自分なりに流域を調査して「久保川マンダラ世界」という構想を作り上げました。ご承知のように、マンダラとは仏を中心とする世界のあり方を視覚化したものです。この時点で下流の鮭の産卵場所を入れていました。また、その他に合流点近くの一関高専に関係することも入れていました。そこの学生でＮＳＰ（ニューサディスティクピンク）というグループ・サウンドが、四十年前、磐井川の川辺を思い起こさせる雰囲気の歌「夕暮れ時はさびしそう」でかなり知られていましたので、それをも曼荼羅の一つに入れてのかなり観念的情緒的、かつ景観重視のものだったのです。

久保川流域にある霜後の滝

久保川流域は写真（左）に見るように滝があり、川底は岩盤で河岸は崖が多く景観は誰が見ても素晴らしいのです。ところが、千葉喜彦氏と調査をしているうちに、景観だけでなく、上中流域での生態系の素晴らしさに気づいたのです。そこで久保川マンダラ世界という名称を使うことをやめたのです。

「荘」（むら）の「相」を徹底的に調べ、「生きもの浄土の里」としての物語化をはかる

久保川の上中流域を、久保川イーハトーブ世界と名づけての活動は、東京大学大学院農学生命科学研究科保全生態学研究室（略称・鷲谷研究室）の研究者が訪れるようになってから活発になりました。さらに平成二十一年（二〇〇九）五月に、久保川イーハトーブ自然再生協議会を立ち上げてからは、特任研究員の須田真一氏を始め、より多くの研究者が調査に参加するようになり、生物多様性の高い地域であることがますます明確になりました。

つまり「荘」である「久保川イーハトーブ世界」の「相」的特徴は、生きものが多いことと分かったので、地域を「生きもの浄土の里」として象徴化し、対外的にアピールしていくことにしたのです。

生きもの浄土らしさは総体的には「奏《そう》」（かなでる）

奏は、久保川イーハトーブ世界の豊かな生態系多様性の中で、多くの生きものが、それぞれの生態的地位（ニッチ）ですみ分けを行なっていることを表します。演奏会で、多くの楽器がそれぞれ特有の音色を出しながらも一つにまとまっているのに喩えたのです。

「爽」（さわやか）

春から秋にかけて、いつも演奏しているのは、

十種類いる在来種のカエルです。特に久保川の川辺から聞こえてくるカジカガエルの鳴き声は「爽」（さわやか）そのものです。私の執務室は、「生きもの浄土館」（写真下）と称し川辺にありますので、夏になるといつもかわいい鳴き声で癒されます。また、樹木葬第一墓地、第二墓地内では、タゴガエルの奇妙な鳴き声にも出合います。三月の墓地内ではまだ雪が残っている時に、寺務所前の水田跡をビオトープとして改変した溜池に沢山のアカガエルが産卵にやって来ます。この時は、恋の季節ですから鳴き声がすさまじくうるさいのです。しかし、それ以外の季節ではおとなしく、二年前のメモリアル（例年十月二十日前後の日曜日に開催する供養祭）では、私たちが般若心経を唱えている傍らの水路で、お経に唱和して鳴いていました。三百人以上が集まっていたのですが、皆さんが静かに合掌しているのでお経しか聞こえなかったのですね。カエルに負けず、樹木葬墓地に墓参する人や知勝院の職員が楽しみにしているのは墓地や墓地の隣接林で鳴くオオルリ、アカショウビン、サンコウチョウのさえずりです。その

生きもの浄土館内部と外観

ほか、ウグイス、カッコウなどの初鳴きは季節を感じさせてくれます。また、毎日、寺務所前の溜池にエサ取りに来るカワセミも恋の季節のさえずりはかわいいものです。

「草」（くさ）「藻」（も）

カエルには川やため池の水辺、鳥には高木の林が必要ですが、それだけあれば良いというものではありません。

ため池に藻（水草）がなければ、カエルはダイサギに食べられやすくなりますし、酸素不足になる可能性もあります。また、藻があることによって植物プランクトンと動物プランクトンとのバランスも崩れず、水質の悪化を防ぐことも出来ます。

この地区に約六百あるため池には、今のところ、アメリガザリガニが入っているのは十ヵ所くらいですので藻が切られることがありませんし、棚田の上部にあるため、農薬、化学肥料が入りにくく、富栄養化から免れているため色々な藻が繁殖しています。

とりわけ、ヒツジグサ、ミズオオバコ、タヌキモ、コウホネ、ジュンサイなどは、綺麗な水質でないと生息できませんが、当地区にはごく普通に見ることができます。これらは花でも人々を楽しませてくれます。また、ヌカエビ、スジエビは一関地方の名物・モチ料理のエビ餅としても利用されます。

一方、コナラ、アカシデなどの林には、ヤマモミジなどの亜高木、その下にはヤマツツジ、レンゲツツジ、バイカツツジなどの低木、さらにその下の林床にはヨツバヒヨドリ、トラノオ、シラヤマギク、などの背丈の高い草からオヤリハグマ、ミヤマナルコユリ、ジエビネ、チゴユリ、マイヅルソウ、センブリ、キッコウハグマ、ミツバオウレンなどといった草花が数多くあります。これらの樹木や草花にくる虫や、エゴノキなどの実は、鳥の餌としてなくてはならないものです。

　このように林床の草や水辺の藻が久保川イーハトーブ世界の爽やかなものたちを支え、一帯のオーケストラ的な環境、すなわち生物多様性に富む「奏」的世界を演出しているのです。

生きもの浄土の「奏」を壊すもの蔟、騒との「争」（あらそい）

　長い歴史の中で、日本の風土に合わせてそれぞれの生態的地位（ニッチ）を確立してきた在来の動植物にとって、脅威となるのは、日本において病原菌や、天敵の影響から免れた外来の動植物です。久保川イーハトーブ世界で故意の放流によるオオクチバス（ブラックバス）の被害も大きくなっていますが、水辺の生物にとって最大の脅威は、「蔟《そう》」（サクとも発音します）、すなわち群がる性質を持つアメリカザリガニです。彼らの繁殖力は凄まじい上に、彼らは周囲の林から落ちてくる落ち葉をエサとしていますので、エサを取りやすくするため、藻（水草）を全て切ってしまいます。そうしますとため池の酸素容量が減りますので、生きものが生活しにくくなります。その上、アメリカザリガニは底の泥をかき回すので、ため池が濁ってしまい、日光が底に届かないので藻が再生出来ないでしまうのです。

　このように水辺の環境を壊す最大の外来種がアメリカザリガニですが、久保川イーハトーブ世界では、幸い全ため池の〇・〇二パーセント以下である十ヵ所くらいしか入っていないので、今の所、最大の脅威はウシガエルになっています。この鳴き声が騒々しい「騒」（さわがしい）で象徴されるウシガエルは、その旺盛な食欲によってため池の在来の生きものを全て食べ尽くします。そこでため池を去るかと思うとそうではないのです。夜になるとため池周辺に出て、カブトムシ、ガ、バッタ類などを食べるのです。また、昼間もヒルムシロなどの藻に隠れ、トンボなどが近くに来るのを待ってそれを捕獲しますし、成体になったばかりの自分の子供のウシガエルも共食いします。

　私たちは、平成二十二年（二〇一〇）から東京大学大学院の鷲谷研究室と協働でアナゴカゴを使い、百五十のため池に約四百のカゴを設置しウシガエルの防除（法律用語です）を行なっています。この活動は環境相の許可を取って行ない、さらに久保川イーハトーブ自然再生協議会の事業としても位置づけられていますので、一つのアナゴカゴにオス、メス、判別名、オタマジャクシが何匹入ったかを記録するとともに、在来種のツチカエル、ゲンゴロウ、ガムシ、コオイムシなどの混入数も記録しています。

　このように三月末から十二月初めまで、ため池の巡回は大変な作業ですが、久保川イーハトーブ世界を知らない研究者の中には、ウシガエルの防除を冷たい目線で評価している人もいます。それは、一般のため池ではウシガエルとアメリカザリガニの両方がいる場合がほとんどなので、ウシガエルを駆除するとアメリカザリガニが猛烈に増加するからです。アメリカザリガニが存在せず、在来種の水生生物が多いため池が日本全体で希少なものとなり、そのようなため池でウシガエルを駆除すると、どれくらい在来種が戻ってくるか想像できない研究者が多いのです。

　在来種を圧倒する外来種は「草」「藻」でも全国的に問題になっています。久保川イーハトーブ世界では、「藻」では、一部住民がハスやスイレンを休耕田やため池に植えているくらいで問題になりませんが、「草」のほうでは、二〇〇一年からセイタカアワダチソウの抜き取り（写真121頁）を行ない、増えないように「**争**」っています。当初は、約九キロメートルの流域での作業ですから六〜八トンも抜いていましたが、最近では四トン以下に押さえ込んでいます。

ところが最近は、ハルザキヤマガラシ、セイヨウミヤコグサ、オオハンゴンソウ、オオアワダチソウなども進出してきて駆除で大変です。その他、庭から逃げ出したキショウブやフランスギクも問題です。

せっかく「ノアの方舟」的に在来種が多い地区として知られてきましたので、なんとかそれらを**「喪」（なくす）**させることにより、後世まで生物多様性の高い地区とはこのような世界だと**「僧」（みんなで）**で伝えていきたいものです。

地元住民によるセイタカアワダチソウ抜き取り

第二部の終わりに

私たちは、「なあんにもない世界」と思われていた「久保川イーハトーブ世界」に生物多様性の高さ（豊かさ）を見つけ、「生きもの浄土の里」として発信出来るまでになりました。

ウシガエルの防除などによる水環境の保護活動により、平成二十一年（二〇〇九）に日本ユネスコ協会連盟の第一回未来遺産プロジェクトに登録され、平成二十四年（二〇一二）には、秋篠宮殿下を名誉総裁とする第十四回水大賞で環境大臣賞（写真122頁）を受賞しました。

その他、この地区は朝日新聞社と森林文化協会の「にほんの里一〇〇選」、農水省の「ため池百選」に選定されました。このように地域の生態系の豊かさ、生物多様性の高さは、大分認められてきましたが、残念ながら肝心の地元行政、政治家、市民は、まだその価値を知らず認めてもいません。

環境大臣賞の授賞式

したがって、エコツアーなどの観光に活かすまでにはまだまだという現状です。

そして、亜流の樹木葬墓地を含め大部分の日本人は、木を植えることだけが「自然に優しい」と思い込んでいる情況です。だからこそ日本の将来のためにも、私たちは木を切り（間伐）、落ち葉かき[22]（写真123頁）、下草刈り（写真124頁）をコツコツ実践し、侵略的外来種の排除を行い、**さとやま**を守っていく実践を続けなければならないのです。

22　落ち葉かきをした所は、翌年スミレの群落が出来ました。ここは二十年以前に放牧地だった所。知勝院が七年前に買収した時はササが密集していました。ササを刈った後は落葉樹の葉が積もりますので、毎年落ち葉を撤去しています。落ち葉は放置していますと、微生物などによって分解され、やがて肥料と同じような土壌の栄養分となります。土壌が富栄養化しますと、山野草は生育しにくくなります。さらに落ち葉が土を覆ってしまうと、日照が遮られ、シードバンクに眠っていた種が発芽しにくくなります。かつての落ち葉かきは堆肥のために行なっていましたが、知勝院では山野草が蘇るための自然再生事業として実施しているのです。

昨年（平成二十七）十二月十八日、環境省は、新たに「生物多様性保存上重要な里地里山」（略称・重要里地里山）を全国から五百個所選定しました。私たちの活動舞台である「久保川イーハトーブ世界」は、そのまま地域名として選定されました。私の命名した「樹木葬」は、商標登録しなかったために、私の意図（さとやまの自然再生）とは全くことなる亜流が跋扈《ばっこ》しています。その悪い例を繰り返さないために、今度は「久保川イーハトーブ世界」を商標登録しました。それにつけても仁義なき世界…悲しいものです。

落ち葉かき

下草刈り

※写真は人工林の中で杉の葉をかき集め、林間にはびこっているノイバラを抜き取っているところです。

写真を見ると、杉の間隔が近いように思われますが、これでも若干間伐して数年経っています。下草刈りの写真は上方が久保川で、河岸段丘面に杉を植林して放置したままになっていたところです。少し間伐して林床に太陽の光が届くようになると、まずノイバラが復活してきますが、ミスミソウなども少しずつ林間に入ってきます。また、ヤマモミジなどかつての植生も林間に復活してきます。

久保川イーハトーブ世界は、このように人工林となってから四十〜五十年経過したところでも、手を入れると植生が再生します。昔のタネが眠っていて、再生を待っている土壌の状況を「タネの銀行（シードバンク）」と言います。久保川イーハトーブ世界の土壌の機能は、人の手が入ることを待っているのです。

第三部　いわての風

プロローグ「喝」

私たちホモサピエンスは、かけがいのない水の惑星・地球にいだかれ、大脳皮質を発達させ情報化社会をつくりあげました。

インターネットは世界を瞬時につなぎ、企業間の取引、海外や遠方にいる家族との連絡など、社会の基本である家族のつながりを強くしたり、調べたいことをすぐに探し出せる便利さを実現しました。さらに情報化社会は、チュニジアなどのアラブ世界にオレンジ革命と言われる独裁政治を倒す役割も果たし、民主化運動に有益な面も強調されました。

一方、インターネットによるバーチャル化は多くの問題を引き起こしています。ライン、フェイスブックなどによる連絡手段は、仲間を拡大しやすくしましたが、かえって仲間との同調にとらわれ、独自の意見を確立する機会を減少させている場合も見られます。対面しての会話と異なり、メールでは言葉が暴走しがちで、イジメにつながった例が報道されています。また、インターネットで得られた知識は図書館に行って調べたものと苦労した度合いが違い、手軽なゆえに記憶に留まりにくい特徴があると言われます。

インターネットは、総じて豊かさを実現した人類がさらなる便利さを追求した結果もたらされたものといえます。したがって、豊かさ、便利さの反作用も当然強くなる理屈で、二十一世紀はその反作用をどのように制御していくかが問われる世紀となるでしょう。

特に日本では、「秘密保護法案」「安全保障関連法案（戦争法案）」「マイナンバー制度」に見られるように、全てが議論不足のまま、法的安定性の欠くものまで国は強硬に法案化を図りました。議論不足は情報不足からきます。大事な情報は国が隠匿し、どうでも良いような芸能ダネがテレビを賑わしています。国会では情報不足、巷では情報の氾濫というまことに奇妙な二極化現象が起きています。

この現象は、選挙での投票率低下をもたらし、多くの人が物言わぬ国民になっています。いわば家父長的な温情主義（パターナリズム）が国民の五割近くに行き渡っていることにもなります。これは権力者からすると愚民化政策が功を奏した現象とも言えます。

かつて故大宅壮一氏が「一億総白痴化」という刺激的な言葉で、テレビによって日本人全てが愚かになる事を危惧しましたが、六十年後、インターネットの登場で、氏の危惧したことが現実になりつつあるのではないでしょうか。

私は、三十五年前、仙台から古里の一関に戻り、いろいろ地域おこしを模索した結果、平成十一年（一九九九）に「樹木葬墓地」を立ち上げました。墓イコール墓石という常識に逆らった斬新さで、多くのマスコミに取り上げられ、韓国からも見学に来ただけでなく、韓国の大学に講演に呼ばれました。あと二年で二十周年を迎えようとしている一関の樹木葬墓地は、自然再生事業により、生物多様性では「日本一のさとやま」と言える程、良い自然に生まれ変わりました。これもマスコミ報道のお陰と言えます。

しかし、マスコミは墓地への関心ばかりで、樹木葬墓地を管理する知勝院が行なっている里地里山を守るための自然再生事業には目を向けてはくれません。世界的に二酸化炭素（CO_2）と生物多様性が地球規模で問題になっています。しかし、生物多様性を高めるために議員立法で作られた自然再生推進法(平成十四年十二月十一日 法律第１４８号）という法律に基づく活動は、地味であり認知度が低いのでマスコミは取り上げないのです。

平成二十三、二十四年には、知勝院と東京大学大学院農学生命科学研究科保全生態学研究室が中核となって立ち上げた「久保川イーハトーブ自然再生協議会」が主催し、日本学術会議統合生物学委員会の碩学《せきがく》をお招きして公開シンポジウムを開催しました。ところがほとんどの新聞社が報道しませんでした。このように大衆受けする事ばかり追いかけるマスコミの姿勢が、物言わぬ大衆を増殖させ愚民化を進めた大きな一因となったのではないでしょうか。

このようなマスコミの体質は、ニセ古文書を批判的に取りあげなかったことにも現われています。マスコミの一部の報道は、地域づくりに多大な被害をもたらしました。

かなり前からオカルト雑誌などに紹介されていたニセ古文書『東日流外三郡誌《つがるそとさんぐんし》』に対し、朝日新聞青森県版や一関市で一番読者が多いI新聞などは本物の古文書として新聞紙面に取り上げたり、利用しました。盛岡市在住の著名な作家も同様に小説に利用したので、多くの岩手県民がニセ古文書を本物と信じ、ある村は八百年以前の武将の骨（実際はクジラの骨だった）を買わされ（形は贈与）全村あげて祭りを行ないました。

これでは本当の地域おこしにはならないと危惧した私は、一九九八年に『だまされるな東北人』（本の森）を出版しました。その後、ニセ古文書の作者・和田喜八郎氏が亡くなり、その家を親戚が買い取った後、調べて見たところ、一階から二階へ通じる踊り場（写真129頁）で、ニセ古文書を作成する道具類が見つかりました。これでニセ古文書だということが明確になり、もてはやす人はほとんどいなくなりました。

しかし、ニセ古文書の作者が亡くなって二十年近くも経ちますと、ニセ物と判断した情況を知らない世代が出てきます。それを良い事に、かつてニセ物づくりの作者を支援した人たちが、またそれで一儲けしようと動き出しているようです。

ニセ古文書作成現場。床には変な液体の入った一升瓶がごろごろ…

かつてニセ古文書を持ち上げたＮＨＫ、ＴＢＳは誤りを明確に認めて発表していますが、朝日新聞はいまだに完全な反省を示していません。どうも地方版記事と本社では姿勢が一致していない感があります。かつてニセ古文書に無断で論文（日本経済新聞に掲載のもの）を盗用された野村孝彦氏は、朝日新聞の姿勢を厳しく指弾しています。過ちを反省せず大衆迎合的に面白ければ掲載しようというマスコミの姿勢が、オカルト的なものを許し、大衆の愚民化を促す一因になっているのではないでしょうか。

　このようなマスコミの姿勢は、樹木葬の報道にも現われています。樹木葬が評判になると、墓園業者などが目をつけ、名前だけは宗教法人の墓地（普通これを名義貸し墓地と言います）と称するものが次々と出てきました。そうしますと「○○県初の樹木葬」などと「○○県の県内版」に載るわけです。東京圏県内版の記者はわざわざ一関市まで来て樹木葬墓地を見に来ないのです。しかも、かつてその記者の属する全国紙の全国版で、私どもの樹木葬が掲載されていますので、それを調べ、当時取材した記者に問い合わせることもしないのです。こうして、樹木だけ使えば全て樹木葬という情況をマスコミは作り上げてしまいました。

マスコミは第四権力と言われ、権力の横暴を許さない批判精神が期待されているのですが、どうも最近は記者の資質と気概に問題があるようです。民主党政権が成立しやっと五十五年体制の終焉が見えてきた時、参議院とのねじれ現象が問題になってきました。その時、ねじれ現象そのものが悪いかのような報道をし、独善的に政策を進めることが出来る圧倒的な多数を自民党に与えた一因は、マスコミにも責任があるのではないでしょうか。

上（権力）に弱く、下（地方）の実情をよく調べないで安易に流されるマスコミの姿勢は、厳しく見つめていかなければなりません。私たちはマスコミから流される情報を鵜呑みにせず、自分の頭で整理し考えていかなければなりません。

岩手県を代表する県紙は岩手日報です。しかし、県都盛岡市は地勢的に北にかたよっています。また、面積が四国四県に近い広さですので、一関市は岩手県の南の辺境となり、十分に情報が盛岡に伝わりにくいのです。

さらに江戸時代、一関は仙台藩領（中心部が支藩の田村家領）ですので、文化的に仙台に近く、余計盛岡とは疎遠になりがちです。距離も仙台と盛岡、どちらも約九十キロ弱で一関はちょうど中間になります。したがって一関市民は、買い物はほとんど仙台に行きます。私はこの情況を指して一関は岩手県にあらず「宮手県《みやてけん》」だと称しています。

それでも、現在の政治的な枠組みは無視できません。一関を良くするためにも、岩手県を良くしなければなりません。このような思いを抱いて活動していた十年前、岩手日報社から新しい試みを行なうので、そこに何か書いてほしいと言われました。それが「いわての風」欄だったのです。

書いた内容についての賛成、反対の声は「読者の声」などの欄には一切出さないという斬新な企画でした。要するに、いかなる圧力からも自由にするというものでした。地方新聞ならではの気骨有る判断だと感心しました。それまで国政や岩手県政は、いろいろ問題があると批判的に見ていましたので、これ幸いと引き受けることにしました。

したがって、書いた内容は行政に対するものが多いのですが、基本的に、私自身は行政に期待してもしようがないと考えています。ダメな政治・行政を正すための声をあげながらも、善政の実現が期待できない以上、自分の力でどうしたら生き生きとした日々を過ごせるかを問題にせざるを得ないからです。それは宗教者としての責務でもあります。

しかし、国政、県政が良くなるに越したことはありません。そのためには、政治家、行政、報道のあり方に対して厳しい「喝」を与えねばなりませんが、それ以上に、そういった情況を許す市民にこそ「しっかりせなアカンぞ」という「喝」を入れる必要があります。

私たち市民の文化レベルが高まることによって、成熟した経済状況に見合った社会を実現させるしかないのです。「いわての風」に掲載した小論がそのことに少しでもお役に立つことを期待します。

なお、見出し、副題は岩手日報がつけました。注と写真は今回追加したものです。

岩手日報の本社ビル

吉兆は人によりて日によらず

—迷信の暦、採用に疑問—

二十四節季の小暑を間近にし、夏近しを感じる候となった。七月は七日の七夕、十五日の盂蘭盆と季節感あふれる行事が続く。

ただし、これらは、元来、旧暦と言われた太陰太陽暦で行なわれていたので、太陽暦の暦日に実施すると本来の季節感を味わうことができない。そのため、東北地方の多くでは、月遅れで実施し調整している。

仙台の七夕や八月の月遅れ盂蘭盆での民族大移動は、「月遅れ」という季節調整法が見事に国民の間に定着したことを証明している。この方法は、月の満ち欠けを全く無視しているので、かつては満月の下行なわれた盆踊りが、月の出ていない闇の中で行なわれたりするようになる。

現在では、文明の利器、電気による照明が、月明かりを必要としなくなったため、ほとんどの人が満月の明るさに注目しなくなった。

静寂で適度な暗闇は五感を敏感にさせる。すだく虫の声は心を和ませ、時には無常観を与える。このような環境は、「もののあはれ」を感じ取る日本的繊細な感情をつくり上げてきた。谷崎潤一郎の『陰翳礼讃』もその延長線上にあろう。

最近、旧暦（日本では太陰暦を公式に決定していず、中国、台湾、韓国の農暦を利用しているので、正しくは農暦と言うべき）で暮らそうといった類の本が出版されていることは、このような状況の反映と思われる。季節感を取り戻そうと言う動きは、それなりに理解できるものである。

しかし、太陽暦と太陰太陽暦の特徴を理解しないと、とんでもない誤解や迷信を呼び込みかねない。かつて物議をかもした青森県発の「ニセ古文書」では、太陰暦の晦日（元来は三十日を指すが、旧暦の二十九日、太陽暦の三十一日もミソカというようになった）は、二十九日か三十日なのに、記録に基づかないで勝手に晦日を当てはめて「古文書」を作ったりした。

このようなニセ物による被害は一部好事家に限られるから、さほどの社会問題にならなかったが、六曜のような迷信を火葬場などの公的機関（広域行政組合）が採用し、友引を休日としているのは、大きな問題ではないか。

六曜は、古くから文献に見えるが、江戸時代には全く振るわなかった暦法である。なぜなら、太陰暦の一月一日は先勝、二月一日は友引、三月一日は先負、四月一日は仏滅、五月一日は大安、六月一日は赤口から始まるが、その後は先勝、友引、先負、仏滅、大安、赤口を規則正しく繰り返すだけだから、ありがたみがなかった。

ところが、明治五年（一八七二）に太陽暦を採用して以来、六曜を太陽暦に載せると、太陰暦の切れ目が必ず月の中に現れ、六曜の順番が変わるので、何となくありがたみが出て来た。しかも、江戸時代、物滅と表記していたものを仏滅と、いかにも仏教と関係ありそうな名称にしたため、明治十年代後半から流行り始めたのである。現代の葬送儀礼においては、特に友引を忌む傾向が強い。

上述のように、六曜は全くの迷信であり、兼好法師は『徒然草』九十一段で、赤舌日（現在の先負）に関し、「この日あること、末通らず」などと言うのは「物皆幻化」なることを知らない者だと言う。そして、「吉日に悪をなすに、必ず凶なり。悪日に善を行ふは必ず善なり」と言い、「吉兆は人によりて日によらず」と言う。まことに至言ではないか。

県内の十三広域組合のうち、一関地区を含め五組合が、いまだに友引を休日としている。七百年前の兼好法師に笑われることは避けてほしいものである。

（二〇〇七年七月二日）

平泉守った遊水地周辺
—湿地帯の面影残して—

私が住持する祥雲寺《しょううんじ》では、春秋の彼岸中日を境に晩鐘の時間が変わる。夏季は午後六時、冬季は午後五時である。したがって、春分の日（三月二十日）前日まで、毎日午後五時前に鐘楼に行くことになる。

一関市では、全地域に午後五時になると機械音の音楽を鳴らすため、冬季晩鐘は時間を告げる意味を失っている。

しかし、この時期の鐘つきは、ことのほか楽しい。二月上旬から、伊豆沼、長沼、蕪栗沼[23]などのねぐらに帰る約一万羽と推定される雁《がん》の群れが、鐘つき時分から寺の真上を通り過ぎるからである。

二月下旬から三月にかけては、次第に遅くなり、午後五時三十分ごろが通過時間のピークになる。北西の彼方に黒い編隊が次々とわき出て、一斉に迫ってくるさまは圧巻である。

わずか四〇～五〇メートル上空を飛ぶ時は、羽音まで聞こえてくる。

彼らの飛行形はさまざまである。大編隊で「頑張れ、頑張れ」と声をかけながら綺麗なV字形で鐘楼《しょうろう》に迫ってくるものがあれば、全く声を出さず、まるでアメリカのステルス型爆撃機のように正体を見せまいとして無音で通り過ぎる小隊もある。

また、大編隊から三、四羽が逆方向に戻り、後続の大編隊に合流するときもある。おそらくは、

23　伊豆沼、長沼、蕪栗沼：宮城県北部のいずれもラムサール条約に登録されている沼で、ガンなどの冬鳥のねぐらになっている。登録地名は、それぞれ「伊豆沼・内沼」「蕪栗沼・周辺水田」「化女沼」。

家族と離ればなれになったことに気づき戻ったのであろうか。このような生き物の姿は「おまえたちもしっかり生きているなあ」と感動を与えてくれる。

雁は漢詩でも詠じられてきたが、鶯など春のうららかさを象徴するものとは異なっていた。清代の天才詩人、王士禎《おうしてい》[24]（一六三四〜一七一一）が「満林の黄葉雁声多し」（江上）、「雁声揺落し孤舟遠し」（樊圻《はんき》画詩）とするなど、雁声が晩秋のわびしさを感じさせ、詩情をかき立てたようである。

このような雁にまつわる季節感は、中国湖南省洞庭湖南の名勝地による瀟湘《しょうしょう》八景（日本における近江八景などの元となった）の「平沙落雁」によって強まったのであろう。

江戸時代に制定された一関八景では「中里落雁」となっているが、ここは現在の一関遊水地と想定される。

一関八景の一つに挙げられていた「祥雲晩鐘」（写真136頁）の地で、三百年前の人々が楽しんだ雁との触れ合いができるとは、まことに得難いひとときである。

また、伊豆沼では雁が増え過ぎて、餌場としては飽和状態になったため、一昨年から、餌場として一関遊水地に来る大分派が起こったことを知るものとしては、遊水地が単なる雁の餌場だけでなく、ねぐらなどの休息地としても使えるようになってほしいと念じざるを得ない。

遊水地になっている地帯は、かつては平泉の防御に貢献する大湿地であり、石巻と結ぶ北上川舟運第二の港ともなった。人を阻む地理的条件は、運輸の拠点としての機能も果たした。

24　王子禎（1634〜1711）：清代の詩人、号魚洋山人。「魚洋詩集」の他、著作多し。

今、この地域では、土地改良区事業で大型水田化が図られている。今年中には、洪水時に遊水地内にため込む水量を多くする湛水池《たんすいち》（予定）付近まで工事が進むという。

この計画によって、大湿地帯の面影を残す旧磐井川による残存湖（写真下）が消滅する。そして、そこに接して湛水池が造られるという。何たる矛盾であろうか。

土地改良区事業は、私有地の申請事業であり「県行造林《けんこうぞうりん》」と同じ性格を持つが、いずれも税金が投入されている以上、自然や生態系を重視する市民の声が全く反映されないのはいかがなものか。

奥州藤原氏の権勢を支えた地政学的特徴の消滅には無関心で、遺跡や遺産のみを喧伝《けんでん》するだけでは、真に文化的な行政とは言えないであろう。

幅広い見地で岩手の「宝」を大事にしていきたいものだ。

（二〇〇八年二月二日）

一関遊水地にあった三日月湖

祥雲寺の上を飛ぶガン

素晴らしい歴史の脇役見直そう
―地元の価値　真に理解―

今から十数年前、地方自治体の司法機関である公平委員を一期四年務めた。

そのころ、地域おこしには歴史を生かすことが大事だ、として活動していた私は、毎年東北地方の委員が集まる研修会が楽しみだった。そこには山形県米沢市の委員も参加していたからだ。

一関藩主田村家初代の右京太夫建顕《たけあき》公は、その江戸上屋敷[25]で赤穂藩主浅野内匠頭が切腹したことで知られる。その縁で一関市では「忠臣蔵サミット」を画策する運動がにぎやかであった。

私は、「忠臣蔵」を利用することは歴史を生かすことにならないとして、反対の立場だった。吉良上野介義央公と米沢藩主上杉家を悪役にした勧善懲悪の「物語」に変質している。

「忠臣蔵」は歴史を題材にしているが、吉良上野介義央公と米沢藩主上杉家を悪役にした勧善懲悪の「物語」に変質している。

しかも大正時代から、「忠臣愛国」の推進にも利用された大石神社関係者が「大名の浅野内匠頭を庭先で切腹させた田村家も悪い」と一関藩主田村家に悪感情を持っていた。

このような史実と異なる物語をマチおこしに利用することは危険である。「忠臣蔵」によって有名な赤穂市に取り入る以前に、一関の置かれている状況を考えるならば、むしろ吉良や上杉と交流することが重要ではないか。

悪役視の度合いの強さを、作家井上ひさし氏は「一に吉良、二に上杉、三、四が無くて五に田村」と述べたが、そのように歴史と物語の乖離《かいり》を直視しなければ、真のマチおこしにはつながらない。

幕府による命令を客観的にとらえず、田村家の

25　田村家江戸上屋敷：旧港区芝田村町（現、港区新橋4丁目28―3）。上屋敷と中屋敷は近接しており、中屋敷跡に「浅野内匠頭終焉の地」の標柱が建っている。

判断により庭先で切腹したかのようにとらえる人を相手にする交流は長続きしない。

まして、赤穂浪人の仇《あだ》討ちはテロ行為である。「不殺生」をモットーとする僧侶が肯定できるわけがない。

歴史に縁のある人々が集い、供養をすることが大事と考えた私は、「悪役度五」田村の代表として「悪役度一」の吉良公の菩提《ぼだい》寺「愛知県吉良町（現西尾市吉良町）」を訪れ、毎年十二月十四日の供養祭に参加するようになった。

忠臣蔵の悪役関係だけでなく、一関市と米沢市は戦国時代の因縁もある。最上領に攻め入って圧倒する上杉の軍勢。その指揮は豊臣秀吉から大名として取り立てるとの勧誘を断り、上杉に尽くした直江兼続であった。

忠義で勇名をはせた直江公の軍勢が長谷堂の城を攻め、それに対して最上の救援に駆けつけた伊達家の軍での指揮者は後に一関を在所とする留守政景（写真139頁）（留守家は次の代で水沢領主となる）であった。

歴史愛好家は伊達政宗、武田信玄、上杉謙信などトップの武将にのみ注目し、留守政景や直江兼続などの脇役を評価しないできた。しかし、前線で戦いを指導し戦略、戦術を進言する役割は、現今の政治家が指導性を発揮できない状況下で見直されてきたのではないか。

昨年のNHK大河ドラマ「武田信玄」で山本勘助が脚光を浴び、来年は「天地人」で直江兼続が取り上げられるのは時流の転換を感じさせる。

十四、五年前、当時もてはやされていた上杉《うえすぎ》鷹山《ようざん》だけでなく、吉良との交流、直江公の顕彰もやるべきではないですか、と私は米沢市の方に勧めたが、まったく顧みられなかった。

同じように一関市や旧水沢市は、直江兼続に匹敵する留守政景という素晴らしい脇役と縁があるが、最近は平泉を世界遺産にというかけ声に消され、かつての米沢市のように脇役の素晴らしさが見えなくなっているのではないか。

奥州藤原氏が残した遺産の顕彰は大事であるが、宮城県東松島市の里浜貝塚《さとはまかいづか》、岩手県一戸町の御所野遺跡《ごしょのいせき》、奥州市水沢区の胆沢城《いさわじょう》、安倍氏による奥六郡《おくろくぐん》支配、戦国時代の留守政景《るすまさかげ》、近世の仙台藩[26]、盛岡藩のお家騒動、また、そのような人々の生活を支えた自然の恵みなどを総合的にとらえないと地元の価値は真に理解できないであろう。

平泉が騒がれている今こそ、私たちを取り巻く縁の掘り起こし、すなわち「照顧脚下《しょうこきゃっか》」が求められているのではないだろうか。

（二〇〇八年五月十九日）

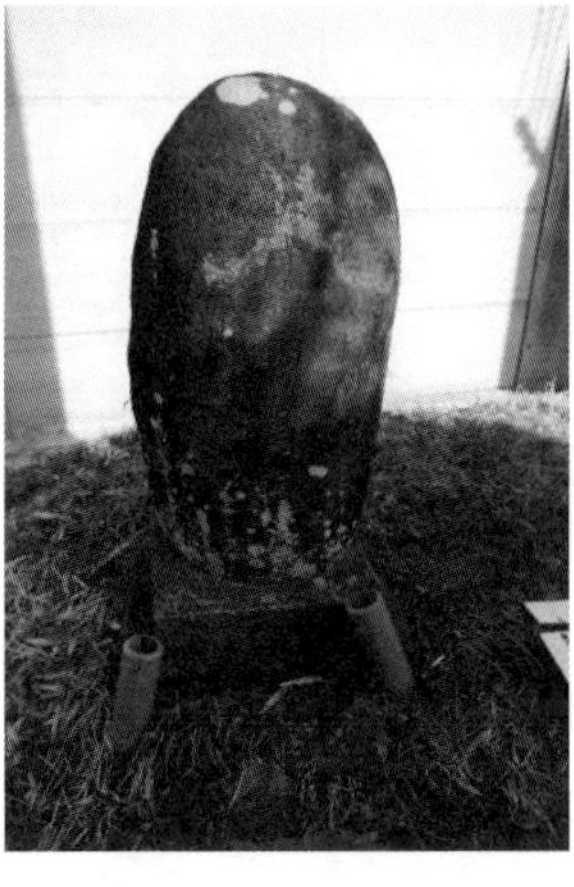

一関にある留守政景の墓

26　伊達騒動：江戸時代前期におきたお家騒動。黒田騒動、加賀騒動とともに三大騒動とされる。仙台藩第三代伊達綱宗の隠居騒動をへて、第四代綱村の時の寛文事件、綱村の隠居騒動までを指すが、一般には寛文事件を言う。幼少の綱村を補佐する伊達兵部宗勝の権力集中とそれに反対する勢力争いが、伊達一門の宗重（涌谷伊達氏）と兵部の甥宗倫（登米伊達氏）の所領争いで騒ぎが大きくなり、大老酒井忠清邸での審問（寛文11年、1671年3月27日）となるが、その最中、原田甲斐宗輔が宗重を刺殺したことにより、宗勝は一関藩三万石を改易され、土佐に流された一連の動きを寛文事件という。

「遺産」再挑戦　まず水辺空間復活から
―浄土庭園再現が急務―

二〇〇八年七月七日、ユネスコから平泉の世界遺産登録延期が通告された。関係者の落胆ぶりはいかばかりかと推測される。

この報を受けた県は早速、三年後の再登録を目指すという。その熱意には敬意を表するが、再チャレンジの熱意だけが空回りするような対策だけは取ってほしくない。

なぜなら、マスコミを通して知る限りではあるが、今回の申請の基本的枠組みとテーマは変えないという点に危惧《きぐ》を覚えるからである。

登録申請のコアゾーンは、奥州藤原氏の政治権力を重視した設定になっている。確かに安倍、清原の権力を継承して繁栄した都市・平泉（複合都市と考え、衣川《ころもがわ》も地域として含むものとする）だから、安倍氏以降の遺跡などが歴史的に重要であることは論をまたない。

しかし、権力の基盤となった遺跡と、浄土思想がどう結びつくのだろうか。イコモスの勧告を踏まえた今回の指摘でも、この点が最も問題となったように思われる。

また、権力者の統治による平和が永続することを願った「中尊寺供養願文《ちゅうそんじくようがんもん》」をもとにして、平和と浄土思想を性急に結びつけたことも、かえって平泉の特長をあいまいなものにした。

このような問題点を踏まえて、平泉の「世界遺産」としての意義を再考すべきであろう。各方面で述べられる、「浄土思想が難しいため理解が得られない」というのは「イコモス」の専門家に対して失礼な話である。浄土思想は浄土三部経[27]

27 浄土三部経：浄土教諸派の根本経典。無量寿経2巻（北魏・康

（「無量寿経《むりょうじゅきょう》」「観無量寿経《かんむりょうじゅきょう》」「阿弥陀経《あみだきょう》」）を読めば分かることであって、難解なものとはいえない。

また、十一〜十二世紀の摂関家が目指したのは、浄土経典にうたわれるような理想世界を現世に再現しようとしたことであり、奥州藤原氏も例外でなかった。平泉は宇治の平等院に倣い、「阿弥陀経」が描く湿地を生かした園池をつくったのである。つまり、平泉における核心は浄土庭園といえる。ところが、現在の平泉で見るべきものは毛越寺と観自在王院跡の池しかない。

かつては、無量光院、平泉館（現柳之御所遺跡）、衣河館（現衣川遺跡群）、中尊寺大池と至る所に園池が配置されていて、「阿弥陀経」の「よいにおいのする木々や花がいっぱいに咲いた茂みがある」「数多くの鳥が、常に優雅な声を出し」（仏教伝道協会訳）といった世界をつくり出していたのであろう。

このような景観と生態系を平泉一円に再現することが急務ではないか。

世界では大規模な森林伐採、草原での過放牧、無理な農地拡大により、多くの国で水問題が深刻になっている。それと比例して生物種の激減も深刻である。人間も生物である以上、他の生物が生きていけない環境が好ましいわけがない。

一九九二年、ブラジルのリオデジャネイロで開催された「環境と開発に関する国連会議[28]」で採

僧鎧訳）大経と略す。阿弥陀仏の48願をのべる。観無量寿経1巻（劉宋・良耶舎訳）九品往生を説く。阿弥陀経1巻（後秦・鳩摩羅什訳）極楽の荘厳を描く。

28 リオ会議：1992年、ブラジルのリオデジャネイロで、地球環境の悪化を防ぐために国連環境会議（環境サミット）が開催され、気候変動枠組み条約、生物多様性条約、砂漠化防止条約が採択された。生物多様性条約に関して日本は、2010年10月に名古屋市で第10回の生物多様性条約加盟国会議（CBD—COP10）の開催国となり、自然との共生できる社会づくりを目指すSATOYAMAイニシアティブを提案し採択された。

択された「生物多様性条約」は、人間と動植物との「共生」が最大の課題となっていることを示す。

　このような状況だからこそ、多くの池と太田川、衣川、北上川などの水辺空間を生かした、かつての都市景観が再現できたら文句なしに「世界的」評価を得るであろう。

　ところが、平泉の現実は、乱立する電柱、外来植物の繁茂、町並みの不統一など生態系以前に景観が悪すぎる。バイパス完成で国道四号が切り替わった今こそ、景観を修正し、水辺空間を復活するチャンスであろう。

　しかし平泉の要衝性を支えた大湿地帯（現一関遊水地内）では三日月湖を消滅させる土地改良区事業が展開されている。このような県の姿勢では、平泉に水辺空間復活を期待することはできない。

　世界は湿地保全の重要性[29]に目覚めつつある。県の行政に携わる人々は、世界各地の生態系復活の試み（たとえばフロリダのエバーグレイズ湿原）などを研修してきてはどうか。そこで学んだことを平泉に生かし、生態系に富み、優れた景観を取り戻し、それから「世界遺産」に再チャレンジすべきではなかろうか。

（二〇〇八年八月十一日）

29　湿地保全の重要性：ＣＯ２、生物多様性の双方に湿地は大変大事な役割を持っていることが明らかになっている。英国では、１００年前から続いてきた湿地再生のトラスト運動が国家プロジェクトとしてネットワーク化されている。

浄土性を感じさせる景観形成
―地道な活動こそ大切―

厳しい寒さの日が多くなり、一関のシンボル・須川岳（栗駒山）も雪を頂くようになった。私が住職をしている祥雲寺では、自生している百数十本のヤマモミジが紅葉を深め、晩秋の趣を増している。

また、「久保川イーハトーブ世界」と私が呼んでいる磐井川の支流・久保川流域でも紅葉が見ごろとなっている。いち早く真っ赤になったウリハダカエデは散り気味だが、代わってヤマモミジが赤を彩り、タカノツメの葉が黄色になり、コシアブラの大木では葉が次第に白くなってきた。

赤、黄、白と里山を演出している高木の下では、ガマズミ、ミヤマガマズミ、ウメモドキの赤い実、ナツハゼの黒い実、ツリバナの釣り鐘状の実、サワフタギのるり色の実が人々の目を楽しませる。

さらに目線を下にやると、ミヤマナルコユリ、チゴユリの黒い実があちこちに点在しているし、ツルリンドウの赤い実も見られる。

この地区の**さとやま**は樹木の種類が多いだけでなく、水生動植物の種類も多い[30]。その豊かな生態系を保全するため、種々の試みを仲間と実践している。その一つは外来植物セイタカアワダチソウを除去し、在来植物を保全することである。

護岸工事や道路工事で裸地になったところに真っ先に蔓延《はびこ》るセイタカアワダチソウは在来種を駆逐する。毒々しい黄色の花は、今や自然破壊の象

30 多様性：一関市の樹木葬第一墓地（2万7千㎡）だけで維管束植物は400種以上ある。久保川イーハトーブ世界で水生昆虫は51種、トンボは66種、両生類は14種（うち1種は外来種のウシガエル）の存在が確認されている。日本とほぼ同じ面積の英国で、両生類が7種しかいないことに比べると、久保川イーハトーブ世界が、いかに豊かな生物多様性に恵まれているかが分かる。

徴ともなっている。

私たちは、久保川を管理する県の了承のもと、五年前から毎年四トンから八トンのセイタカアワダチソウを除去してきた。そのため久保川沿いの道には、ほとんどセイタカアワダチソウ[31]が見られない。

この地区を案内すると、「何となくほのぼのとしますね」とよく言われるのは、私たちの実践が少しずつ実ってきたことの証左であろう。

来年からは一歩活動を進めて、ため池のウシガエル除去[32]をしようと計画している。すでに東大の大学院生によって分布調査が行なわれたので、後は実行あるのみである。

久保川沿いのようなほのぼのとした景観は、磨《ま》崖仏《がいぶつ》のある達谷窟《たっこくのいわや》[33]から毛越《けごし》にかけての太田川沿いにもかつて見られた。

しかし、現在ではコンクリートの味気ない護岸と一面にセイタカアワダチソウが繁茂しているので、ゆっくり散策する気にならない。ユネスコの世界遺産を目指している人たちは、このような現況を自分の目で確かめる必要があろう。

---

31 セイタカアワダチソウ：北米原産の外来種。外来生物法では、要注意外来生物にとどまっているが、久保川イーハトーブ世界のように在来生物の多い地域では、根から他の植物の生長を阻害する物質を出すアレロパシー効果により豊かな植生を壊す最も危険な植物となっている。

32 ため池のウシガエル除去：もともと日本にいなかった生物のなかで、日本固有の生態系に多大な影響を与えるものを侵略的外来種というが、そのなかでも特に生態系に及ぼす被害が甚大なものを「外来生物法」で指定し、飼育・栽培・保管・運搬・販売・譲渡・輸入などを原則として禁止している。両生類ではウシガエルが指定されており、これを除去するときは環境省の許可を受けなければならない。植物ではオオハンゴウソウ、アレチウリなども環境省の許可を受けなければ抜き取り作業が出来ない。魚類ではオオクチバス（ブラックバス）などが指定されているが、魚類を除去する場合、環境省のほか、農水省、県の許可も得なければならない。

33 達谷窟：一関市の厳美渓から平泉町の毛越寺にいたる太田川沿いにある天台宗西光寺が管理する高さ約35メートルの岸壁にある洞窟。岸壁には磨崖仏が刻まれている。「タッコク」は久保川イーハトーブ世界の中心である旧達古袋村の「タッコ」と同様、ぽこんとした形状の小山を指すアイヌ語地名と言われる。

「文化遺産の要素が、少なくとも長期にわたって生態系とも調和しながら、持続的な発展を遂げてきたかどうか」というイコモスのガイドラインを重視するなら、世界遺産を目指す以上、イコモスの方針にのっとり、毛越寺庭園という閉ざされた空間だけでなく、その周辺までも浄土性を感じさせる空間にしなければならない。

県は大金を注ぎ込んで、ユネスコの世界遺産に関する一種のお祭り騒ぎをしようとしたが、世界の知性はそのようなもので動かされる時代でなくなっている。

お金を注ぎ込むなら、付近の電線の地下化、コンクリート護岸を壊して多自然型に変えるなどの事業をすべきであろう。

一方、住民も金色堂に参拝して登録を祈願しましょうなどというお祭り騒ぎより、地道な活動が求められる。例えば、一人ひとりがセイタカアワダチソウを十本ずつ抜くとか、観自在王院跡地のアメリカザリガニを十匹ずつ釣ってヤゴやヘイケボタルの幼虫が増えるようにするなどの方が、よほどユネスコに与える印象が違ってくるのではないか。

「景観十年、環境百年、風土千年」といわれる。平泉の景観改善には十年はかかると思われる。三年後の再挑戦などという拙速は避けるべきであろう。

（二〇〇八年十一月十一日）

「浄土」とは生命満ちあふれる世界
——生物多様性こそが宝——

立春という言葉は、春を待ちこがれる北国の人間に特別な感情をもたらす。

この大寒、立春などという二十四節気は、太陽の公転を二十四分し、月の満ち欠けによる暦がずれてきて四季に合わなくなるのを修正するためのもので、中国人のバランス感覚が分かる文化遺産といえよう。

このように地球と人とのかかわりを持つすべてが文化たりえるのであり、従って文化遺産も建造物だけとは限らない。

良き例が、ドイツのドレスデン・エルベ峡谷である。風光明媚《めいび》とされるこの峡谷は、自然遺産ではなく、国連教育科学文化機関（ユネスコ）の世界文化遺産なのである。峡谷を含む自然と城下町が一体となっていること、峡谷の自然景観が人間の営みと共存していて破壊されていないことが評価されている。

ところが近年、観光客増をはかろうとする地元が、峡谷にフォレスト・キャッスル橋を架けようとし、反対する市民運動と対決してきた。紆余《うよ》曲折の結果、橋ができそうだが、それに対してユネスコは、橋ができれば遺産登録を取り消すと明言[34]している。

ユネスコをはじめとする世界の潮流は、生態系、景観を重視し、人並びに人の造形物と自然が溶け合うことを求めているといえよう。

---

34 世界遺産取り消し：ユネスコの世界遺産登録条件を満たさなくなり、遺産登録を取り消しになったのは、アラビア半島オマーンの「動物保護区」（１９９４年登録）と、ドイツのドレスデン・エルベ渓谷（２００４年登録）である。このほか、環境が悪化しつつあり、取り消しの危険がある「危機遺産」は、フィリピン「コルディリェーラ棚田群」など多数ある。富士山はごみ問題、平泉は新インターチェンジ設置などで危機遺産になる可能性がある。

日本においても宮城県では昨年、大崎市古川の化女《けじょ》沼が、ラムサール条約[35]の認定地になった。また今年は、マガンのために冬でも水田に水を張っている同市田尻の蕪栗《かぶくり》沼周辺の地域が、森林文化協会などが主催する「にほんの里１００選」に選定された。これら一連の認定は、地域の人々による鳥との共存の取り組みが評価されたものである。

翻って、わが岩手県ではこのような潮流を受け止めているといえるだろうか。昨シーズンは伊豆沼、長沼、蕪栗沼から餌取りにマガンの群れ（推定約一万羽）が一関遊水地に飛来してきていた。

そのため、黄昏《たそがれ》時、一斉に一関市の市街地上空を伊豆沼方面に雁行《がんこう》していくさまは、毎日見ていても飽きなかった。生き物たちの生命満ちあふれる姿は、まさにこの世の「浄土」を思わせた。

ところが今シーズンは全く見ることがない。一関遊水地内に残されている最後の湿地帯を埋める工事をしているからである。

一関地方は、西は奥羽山脈、東は北上高地、南は須川《すかわ》岳（別称・栗駒山）を造り出した造山活動による磐井《いわい》丘陵帯（岩手、宮城県境沿いに延び北上高地につながる）に囲まれている。

冬は須川岳がついたてとなり雪を阻み、夏のヤマセ[36]による湿気と太平洋沿いを北上する低気圧による雨は北上高地と磐井丘陵帯が阻む。このた

35　ラムサール条約：条約採択当初（１９７１年）は、特に水鳥生息地として国際的に重要な湿地を保全して適切な利用（ワイズ・ユース）を進めることを目的にしていたが、現在は水鳥の生息地だけでなく、幅広い湿地を対象としてその保全を図り、適切な利用を勧めるようになっている。日本での条約湿地数は50ヵ所となっている。

36　ヤマセ：梅雨期から8月にかけて、オホーツク高気圧が冷たい下降風を北東から三陸海岸に吹きつける。この風（ヤマセ）が吹くと海に面している所は特に気温が低くなり飢饉を招く原因になる。ヤマセが強い初夏などでは、一関市と宮古市で最高気温が10度も違う時がある。

め、年間雨量は市街地では一二〇〇ミリと少ない。雨が少ないのは暮らしやすさにつながるが、水を必要とする農業や動植物の成育にとっては厳しい条件といえる。しかも、沖積平野と異なり溶岩流のつくり出した土壌は栄養分が少ない。

このように農業にとっての悪条件と闘いながら、磐井丘陵帯の萩荘では、ため池を造り棚田を開発し、厳美本寺《げんびほんでら》地域では湧水《ゆうすい》、小河川を利用して稲作をしてきた。

悪条件は大型の土地改良を阻み、生産面からみれば遅れた地域となったが、生物多様性という点でみると、「周回遅れのトップ」ということになった。

従って、今回にほんの里100選[37]に選定された「萩荘・厳美の農村部」の、とりわけ萩荘については、蕪栗沼と共通要素があるという点を見逃すべきでない。

一関遊水地も磐井丘陵帯がつくった湿地帯であり、それが持つ「浄土」的な面（生物多様性に満ちた世界）を簡単に切り捨てる施策はいかがなものか。せっかくの宝を簡単に消滅させて豊かな未来は来るのだろうか。

（二〇〇九年二月二日）

37 にほんの里100選：朝日新聞創刊130周年と森林文化協会創立30周年を記念して、両団体が主催して映画監督の山田洋次氏を委員長とする審議委員会で、2009年、景観や生物多様性などの観点と、日本の原風景を思わせる100カ所を選んだ。そのうちの一つ、一関市の「萩荘・厳美の農村部」は、萩荘の久保川イーハトーブ世界と厳美町の本寺中世荘園遺跡を指す。

思考停止に陥る日本の社会
――まず足元を見つめよ――

今月十八日に名古屋を訪れた。新幹線の車窓から見る東海地方の景色は、一関より半月も早く濃さを増した新緑だったが、よく見ると大変荒れている。

一見、緑の林らしく見えるところは大半が竹林で、雑木林でも竹が入り込み、やがて落葉広葉樹は姿を消すであろうことが読み取れる状況なのである。

竹林は竹細工の材料や食料としてのタケノコ採取に利用している間は、間伐され美しい景観となる。京都の嵯峨野などでは美しい竹林景観が見られる。しかし、全国的に大半の竹林は厄介者となって放置されている。

手入れされない竹林は地表に日光が届かず、草本類が全く生えてこない。一関地方で植林された杉林が放置され、荒廃している姿と二重写しになった。

このような感慨に浸ったのは、名古屋市で開催された財団法人森林文化協会主催の「にほんの里フェスタ」に参加する途中だったからである。

このフェスタは今年、森林文化協会などが制定した「にほんの里100選」を記念するとともに、これらの里に続く各地の里地、里山の活性化を促す目的があったようである。100選に選定された地域から多くの人々が地場産品を持ち寄り参加していた。

パネルトーク「里の力再発見」では、選定委員の三人が、スライドで合計七ヵ所の里を紹介した。うれしいことに、私がかかわっている一関の萩荘地域が最後に紹介され、しかも他地域の紹介スライドが二枚なのに、萩荘については五枚も紹介された。いかにこの地域が期待されているかが分かり、興奮を抑えることができなかった。

このパネルトークの最後には、「寅さんの似合う里」（写真151頁）という題で講演した映画監督山田洋次氏（「にほんの里１００選」選定委員長）も登壇し、パネルトークの感想を語った。

その後、会場から事前に集めた質問に答えた。質問は「どうしたら、今回紹介された地域のように多様な生態系が保全できるのでしょうか」という趣旨であった。

それに対し、山田氏は「そういうことはこちらで聞きたいのです。皆さんで考えてください」と、まことに簡単明瞭《めいりょう》に答えた。

この答えは、まさに現代日本社会が陥りつつある「思考停止」への批判が込められたものと思われる。自分の地域の問題は、自分で考え、自分で解決していかなければならないのに、他人まかせ、行政まかせの傾向が日本社会にまん延しているように私も感じている。

山田氏への質問者と同様の思考傾向は、わが一関地方の「世界文化遺産」騒動（？）にも見られるのではないか。ユネスコの世界文化遺産に登録されることが、自分たちにとってどういう意味を持つのか議論することなく、「お祭り騒ぎ」をしているのは「思考停止」そのものではないか。

観光地としての知名度アップを狙うのなら、ユネスコの世界遺産にさほどこだわることはない。むしろ先日発表されたミシュラン[38]の「グリーンガイド・ジャポン」の評価などを気にした方が良

38　ミシュラン：フランスのタイヤメーカーミシュランが１９００年から発行しているガイドブックの一つ。レストラン、ホテルなどを星印でランク付けするので知られる。レストラン・ホテルのガイドブック表紙は赤、旅行ガイドブックは緑の表紙となっている。日本では、東京都内６区のレストランのガイドブックを２００７年に発売、発売初日に９万部も売れて話題になった。観光ガイドブック（グリーンガイド・ジャポン）は２００９年３月に発行された。

いのではないか。

残念ながら町としての評価は、宮城県の松島が三つ星、塩釜が二つ星なのに、平泉は仙台と同じ一つ星であった。

その上、松島では三つ星、二つ星の個所が六ヵ所あるのに、一関地方では三つ星が金色堂だけである。しかも、中尊寺、浄土庭園、厳美渓が一つ星なのに対し、松島では一つ星が九ヵ所もある。私たちの地域の評価が松島に比べ格段に劣っていることを真剣に考えるべきであろう。

ミシュランの評価に対する異議は、各方面でなされている。しかし、外国人が私たちの地域をどう見ているかを考えずに、観光客増を図ることはできない。

日本人は互いの欠点に触れないことが多い。それは日本人の美点でもあるが、ともすれば現実直視をしないことにつながる。「脚下を照顧《しょうこ》せよ[39]」ということが、厳しく求められているのではないだろうか。

（二〇〇九年四月二十七日）

寅さんに見せたかった景色（樹木葬一関第二墓地から）

39 脚下照顧：足下に気をつけよと示す禅語。禅寺の玄関などによく示されている。直接には靴の脱ぎ方などを諭すが、そこから、他を気にするばかりでなく、自分自身の内面を見つめることを諭す。圓悟克勤（エンゴ・コクゴン）禅師の一転語として知られる。

人任せでは守れない自然
——未来につなぐ熱意を——

二〇〇二年に脳下垂体腫瘍《しゅよう》を手術した。その際の検査で他にもいろいろ悪いところが見つかり、以来三ヵ月に一度、仙台の東北大学附属病院に通う日々を続けている。

幸い日常生活には障害がないが、主治医には「脱水症状にならぬよう水を飲め」「塩分を取りすぎるな」「毎食後、必ず歩け」と、繰り返し厳しい指導を受けている。

ところが「のど元過ぎれば熱さを忘れる」で、減塩と散歩は次第におっくうに感じられてくる。特に暑さが厳しくなる七月は、散歩がいとわしくなる。

そのような倦怠《けんたい》感に襲われているとき、一関地方の自然は「歩こう」という気力をいくらか取り戻してくれる。

祥雲寺《しょううんじ》（写真155頁）は、JR一ノ関駅から一・二キロと近いが、須川《すかわ》岳（別称・栗駒山）の溶岩台地に連なり、クマ、カモシカ、キツネも現れる、野趣に富む環境となっている。

春はエゾタンポポ、カタクリ、チゴユリ、イカリソウ、マイヅルソウ、センボンヤリ、ヤマオダマキなどの春の妖精（スプリング・エフェメラル）[40]が散歩を促す。夏にはウツボグサ、ヤブカンゾウ、ヤマユリ、オニユリ、オクモミジハグマなどの花が心を和やかにさせてくれる。

今年墓域を間伐したので、たくさんの花をつけ

40　春の妖精：早春に花をつけ、夏までの間に光合成を行ない、地下の球根に栄養を蓄えて葉は夏に枯れてしまう一群の春植物をスプリング・エフェメラル（春の妖精）という。ただし、北向きの緩斜面に多いショウジョウバカマは、常緑性で冬も葉をつけている。一関の樹木葬第一墓地では、落ち葉かきをしているので、ショウジョウバカマが大分増えてきている。また、久保川イーハトーブ世界では、「霜後の滝」右岸にカタクリの群生地があり、地元住民が大事に見守っている。

たウワミズザクラが、次第に実を大きくしてくるのも楽しみだし、百五十本ほど自生しているヤマモミジの紅葉も秋には例年以上に期待が持てる。

一方、一ノ関駅から車で二十五分の祥雲寺《しょううんじ》子院・知勝院《ちしょういん》（写真155頁）付近は、「にほんの里100選」に選定された土地なので、植生の豊かさは祥雲寺付近の比ではない。従って、時間の余裕があれば、そちらに行き、食後の散歩をすることになる。

最近は、この地域にある六百ほどのため池環境を案内することも多く、新しい気分転換となっている。溶岩台地の傾斜面につくられたため池は、地形上の複雑さゆえ規模が小さく、それぞれが個性的な生態系をつくり出している。

この一帯の年間雨量は千四百～千六百ミリと少なくはないが、その多くは冬期の積雪で四月から五月はほとんど雨が降らない。稲刈りが終わった後もため池は干されず、一年中、水をたたえている。そのため、多くのため池ではヒルムシロのほか、バイカモ、ヒツジグサ、ジュンサイなどの水草に覆われ、水生生物に富む。

このような要素によって、「にほんの里」に選定されたのだが、三、四年前から爆発的に繁殖したウシガエル[41]は生物多様性を危うくしている。東京大学大学院の保全生態学研究室との共同調査によってウシガエルが入ったため池では水生生物の著しい減少が見られることが判明している。

このため、今年五月十六日、広い分野の人々に

41　ウシガエル：北米大西洋側地域が原産地。１００年ほど前、食用として移入された。オタマジャクシは越年し体長15センチ、成体は20センチ弱。どん欲な食欲で動く物は小さな蛇でも食べる。ため池に侵入するとそこにいた水生生物がいなくなる。世界中に広がり、侵略的動物の世界ワースト１００のリストに載せられている。岩手県では50年ほど前に陸前高田市で大繁殖した。その後各地に侵入し、久保川イーハトーブ世界では21世紀に入る直前あたりから侵入が著しくなった。

呼びかけ、「自然再生推進法」による「久保川イーハトーブ自然再生協議会[42]」を設立した。この地域の豊かな自然を保全・再生することを目的にしている。

七月二日には「特定外来生物による生態系等にかかわる被害の防止に関する法律」によるウシガエルの排除（法律用語では防除）（写真155頁）の許可を得た。

法律と向き合うと、民間が法律の適用を受けることの困難さが身に染みる。

「自然再生推進法」はボトムアップ型（民間でも適用団体になることができる形）であるが、二十一番目の適用団体になったこの自然再生協議会以外の二十協議会は、すべて国の直轄や県の事業である。このことは法律の適用団体になる困難さを示している。

しかし、難しいからといって国や県に「お願い」して地域活性化や環境保全が実現できる時代ではない。

日本の素晴らしい自然を未来に残すためには、行政マンが納得する知識、公平性を示す使命感、広い分野を巻き込む熱意を私たち民間人が持たねばならない。

政治家、行政に任せきりで、お祭り騒ぎを繰り返す愚挙だけはもうやめたいものである。

（二〇〇九年七月二十七日）

42　自然再生協議会：平成14年（２００２）3月に制定された新・生物多様性国家戦略で、今後展開すべき施策の一つとして自然再生が位置づけられ、この施策を進めるために、議員立法で自然再生推進法（平成14年12月11日　法律第１４８号）が制定された。私が所長を務める久保川イーハトーブ自然再生研究所は、東京大学大学院保全生態学研究室、知勝院、ＮＰＯ、市民、地域住民、環境省東北地方環境事務所、岩手県、一関市などに呼びかけ、平成21年5月16日「久保川イーハトーブ自然再生協議会」設立させた。全国で21番目の法律による協議会となった。久保川以外では中海（島根県）の協議会などが実践で民間主体となっている。

ウシガエル防除活動

祥雲寺本堂

知勝院本堂

地球の危機と宗教者
―多様な命を見つめる―

早いもので今年もあと二ヵ月少々となった。私が住職を務めるさとやまの墓地ではカスミザクラの葉が散り、ウリハダカエデの真っ赤な葉が地面に落ち始めている。

晩秋を彩るセンブリ、キッコウハグマの花も終わりかげんとなり、代わって、るり色のサワフタギ、赤のウメモドキ、黒のナツハゼなど、木の実が目を楽しませる。地面には、そちらこちらでツルリンドウの赤い実が、落ち葉の陰にひっそりと横たわっている。

老境に入ったせいであろうか、春にはエドヒガンのつややかさに圧倒され目立たないカスミザクラが、他の木々に先駆けて紅葉する姿に心惹かれる。それぞれの樹木にそれぞれの美しさがあるなどとは、若いときには気がつかないものだ。

一方、巨木はどんな人をも圧倒する力を感じさせる。その力の源泉は人間の寿命をはるかに超える生命によるものであろう。

屋久島の杉（写真158頁）とりわけ縄文杉は現代人を魅了するし、高尾山の杉並木、あるいは各地区の神社に見られる杉の古木もしかりである。千年という時間単位は人間にとって悠久さを感じさせるのである。

死を認識できるようになった生物・ホモサピエンスは、必然的に永遠の命（時間）を考えたくなる。

アリストテレスなどのギリシャ哲学、キリスト教におけるアウグスティヌス、クルマン、近代哲学としてカント、ニーチェ、ハイデッガー、アジアでは老荘思想家、仏教の唯識論者ら多くの哲学者、宗教者が聖なる時を追い求めてきた。

しかし、現代科学は新しい世界認識を宗教者、哲学者に提示する。物理に関心のある人ならば、時間と空間は相対性理論により絶対的概念性を失い、時空という概念に集約されることを知っている。

また、量子論によれば人間のような存在はマクロ的な限定的なものとして規定される。もはや人間が絶対的存在でないことは明白なのである。

このような量子論が明らかにした物質世界の構造は「色即是空《しきそくぜくう》」（物質は実体を持たない）とする仏教が予見した存在論、認識論に合致する。

しかし、現代科学の識見が仏教の予見した世界観と近似するといって仏教者は喜んではいられない。宗教は哲学ではないし、思想にとどまるものではないからだ。

中国で生まれた「三論宗《さんろんしゅう》[43]」では、「色即是空」のような本質的な部分を「真諦」（絶対的な真理）とし、限定された人間世界の在り方の真実を「俗諦《ぞくたい》」（世俗世界の真理、「空即是色《くうそくぜしき》」の要素）として位置づける。

本質的な真理の追究は宗教の根幹であるが、民衆と触れ合う宗教者の立場では、宗教の存在意義はむしろ三論宗の俗諦、すなわち現代社会での環境倫理、生命倫理、福祉問題などとのかかわりにあると考えられる。

例として環境問題を取り上げれば、地球の危機

43 三論宗：インド中観派（空を説く）の龍樹による『中論』『十二論』とその弟子提婆（ダイバ）による『百論』の3つの論によるので三論宗という。中国に鳩摩羅什が伝え、吉蔵（549〜623）が大成した。日本には高句麗僧慧灌が伝え、その後智蔵（この系統を元興寺流という）、道慈（この系統を大安寺流という）が入唐して伝えた。奈良時代には南都六宗の一つとして栄えた。平安時代以降は東大寺に残るのみとなった。平安時代の天台宗が三論宗の真俗二諦に代わるものとして「空」「化」を出し、それを止揚する「中」を含めた三諦説を打ち出したことも三論宗が振るわなくなった一因と思われる。

（温暖化と生物多様性）を宗教者はどうとらえ実践しているか問われているということである。地球上の多くの生物の苦難を見つめることなしに、生物である人間の未来を考えることはできないからだ。

幸い、多くの寺院は広い空間を所有している。境内や墓地には樹木や草本類も多い。そのような場所は人々の憩いの場や環境教育の場になり得る。

成熟期を迎えつつある日本社会では、従来の巨木のみに聖性を感じる人間中心の時間スケールにこだわることから脱却すべきであろう。

庭の小さな草の命や小動物の生きざまにも宇宙を感じ、多様な生命時間を受け止める知性と俗諦を追求する熱意、それが現代の宗教人に求められているのではなかろうか。

（二〇〇九年十月二十六日）

屋久島の杉。倒木の上に７本の杉大木が連なる

都合の良いニセ情報
——本質判別する視点を——

立春が間近になると、次第に心が軽くなる。それは、寒さが峠を越したという実感につながるからである。寒さは血管系に問題を抱える人にとって、大きな危険因子といわれる。

十一月から三月にかけて亡くなる人が多いことも、寒さが血圧を上げ、血管に負担をかけていることを示すのであろう。

私は十五年前、脳出血を発症し、さらに八年前に脳下垂体腫瘍《しゅよう》の手術をした。その際、腎動脈や頸《けい》動脈に若干の問題を発見しているので、いまだに仙台の東北大学附属病院に通院の身。寒さが大敵なのである。

このような中で、大腸がんや前立腺がんの疑いが次々と襲ってくる。昨年も腫瘍マーカーのＰＳＡ値が八以上（四以上の場合前立腺がんの疑いが濃い）になった。

私は覚悟して生体検査を受ける前に前立腺がんのことを学び、医師とスムーズに話ができる状況にしておくことにした。この程度ならば、早期に仕事復帰が可能と考えたからである。

このことを周囲に話すと、がんというだけで過度の心配をする人が多かった。どうも、恐れのイメージが先行するために、医学情報などに目を向ける余裕がない人が多いように感じられた。

人は誰でも死を迎えることは分かっていても、それを直視したくない。そのような心に「病気予防ができますよ」と健康食品[44]情報が殺到する。

---

44 健康によいという触れ込みで、「クラスター」「マイナスイオン」など一見科学っぽい装いでだまそうとするニセ科学の健康器具、健康食品が跡を絶たない。血液型性格分類やＵＦなどのニセ科学に関心がある人などはだまされやすいので注意しなければなら

自分に都合の良い手軽なものには、つい心を揺り動かされる。
　同じような状況は、社会のあちこちに見られる。私が地域づくりの観点から調査し、本を出版したことのあるニセ古文書「東日流外三郡誌《つがるそとさんぐんし》」でも、いまだにそれを利用する人がいるという。
　青森県の骨董《こっとう》商が、五十年以上にわたり創作したこのニセ古文書は、一目でニセ物と分かる代物である。
　例えば、俗に旧暦といっている天保暦による日付で、みそかは二十九日か三十日しかないということさえも無視している個所があったり、仏教の知識がないために奈良仏教の南都六宗《なんとろくしゅう》[45]を天台宗から始まるセクト的宗派と混同しているなど、お粗末そのものである。
　このような粗雑な創作物なのに、自分の主張に沿う都合の良い点があったからだろうか、歴史の専門家である某国立大学の元教授がだまされ、引用したことがある。（この方は、後にだまされたことを発表している）
　専門家が、だまされて書いたものは、一般市民
ない。第二部で紹介した「権威の法則」を利用して、いかにも科学的に見せかけて環境問題などに熱心な人を騙そうとする「万能微生物」ＥＭ（これは教祖の死後3つに分裂した新宗教・救世教新生派の資金獲得活動）などは、大変巧妙に人や環境団体にはいり込もうとするのでとりわけ注意すべきだ。これらのニセ科学については、斎藤貴男『カルト資本主義』（文春文庫　２０００年）、左巻健男『水はなんにもしらないよ』（ディスカバー携書　２００７年）、山本弘『ニセ科学を10倍楽しむ本』（ちくま文庫　２０１５年）が詳しい。
45 南都六宗：飛鳥時代から奈良時代にかけては仏教の教理を学ぶことが優先され、学問仏教の様相を呈した。その主に学ぶべきが、倶舎宗、成実宗、律宗、法相宗、三論宗、華厳宗の六つだったので普通南都六宗という。宗と言っても、平安以降、天台宗から始まるセクト的な意味はなく、現在の大学に於ける学部や学科に近い意味である。これら全ては東大寺において学ばれていた。平安時代から鎌倉時代にかけて南都仏教は密教（真言宗）を取り入れ、律宗は真言律宗として独立。法相宗、華厳宗もそれぞれ相密、厳密と言われるように、密教を取り入れ貴族などの宗教的要望をくみ取る実践的色彩を強めていった。

なんでも「初めて」だけを評価しようとするトピックス至上主義は、物事の本質究明に結びつかず、ニセ科学などにだまされやすい人をつくることにつながる。

私たち左党の好む「時代おくれ」という渋い歌がある。そこに歌われるほど時代遅れに過度にこだわらなくても、流行に振り回されず、じっくり物事を判別する視点を大事にしたいものである。

（二〇一〇年二月一日）

に多大な影響を与える。従って、単に誤りを認めるだけでなく、市民に向かって啓発活動をする責任があると期待したのだが、残念ながらそういう話は聞かなかった。

一方、社会的に最も影響力を発揮するマスコミにおいても、ニセ物的な情報の取り上げ方に確固とした姿勢ができていないと感じる時がある。

昨年の大みそか、「大みそかに満月で、その何パーセントか欠ける部分月食があるのは、新暦採用以来初めて」という旨の報道があった。このような表現は間違いではなくても、あえて「初めて」と報道する姿勢には疑問を感じざるを得なかった。

みそかは、必ず月が顔を出さない太陰暦的言葉なので、そもそも月食とは無縁である。このような自然現象と文化的事象とが絡み合うことについては、厳密な解説が必要であろう。

天災から学ぶこと
―人間の傲慢さ見直せ―

一関に春を告げる祥雲寺の枝垂れ四季桜は、例年三月下旬に開花し、四月十日前後に開催の「阿佐田哲也[46]を偲《しの》ぶマージャン大会」（写真165頁）のころに見ごろとなる。

今年は例年より十日も早く三月中旬に開花したので、大会時にはすでに散り際であろうと予想していた。ところが三月下旬からの寒さのぶり返しで、かえって一週間の遅れとなった。まことに自然は予測しがたい。

世界に目を転じると、アイスランドの火山噴火による航空混乱、インドネシア沖地震による津波被害、中国四川省、ハイチ、中国青海省の大地震と大災害続きであり、地球が怒っているかのごときである。

かつての儒教では、大災害は天帝が起こすと考えた。地上支配を任せた皇帝の政治が悪いとき、その非を知らせるため、天帝は人民による革命か

---

46 本名色川武大（いろかわ・たけひろ）１９７８年（昭和53）『離婚』で第79回直木賞受賞。１９６８年（昭和43）から麻雀小説を発表するときに阿佐田哲也名義を使用。また、１９７０年（昭和45）に「麻雀新撰組」を結成し、大橋巨泉司会のテレビ番組「11ＰＭ」の麻雀コーナーに出演。麻雀ブームを起こした。私の学生時代には、授業が終わると教室の出入り口に同級生が待ち構えていて「麻雀のメンツが足りないので来てくれ」などと誘われるくらい盛んだった。色川氏は１９８９年（平成元）3月、純文学小説を書くためには東京にいてはダメだと考え、好きなジャズで知りあった一関市のジャズ喫茶「ベイシー」のマスター菅原昭二氏（ペンネーム菅原正二）の導きで一関市に居を構えたが、4月3日心臓発作を起こし、4月10日に逝去した。その後、菅原昭二氏の働きで色川氏の遺品は一関市に寄贈された。ところが一関市は、遺品の有効利用をしないので、私は色川氏の七回忌の年に一関一高の大先輩である直木賞作家・三好京三氏に働きかけ、共催で「阿佐田哲也を偲ぶマージャン大会」を開催し一関市に遺品の有効利用を訴えることにした。これは２０１４年まで、私が住職をする祥雲寺で13回開催された。しかし、祥雲寺の住職交代に伴い、２０１５年からは仙台市に場所を移して開催する事となった。阿佐田ファンは未だに多く、京都市伏見稲荷の一角では、「阿佐田哲也大神」として祀られている。

大災害を起こすというのだ。この説は「天人相関説[47]」というが、中国では今でも信じられている観がある。

今回の地震を受けて、ブラジルで開かれていたＢＲＩＣｓ四ヵ国会議から急きょ帰国した中国の胡錦濤国家主席の対応は、天災によってチベット民族と漢民族の間に横たわる根本的な問題、すなわち漢民族優先の政治、社会体制に対するチベット民族の不満が暴動となって現れるのを恐れているかのようである。

おそらく四川大地震と同様、青海省でも学校倒壊の原因として、工事を請け負った漢民族の手抜き工事などが明らかになるかもしれない。天災は社会的矛盾をさらけ出すのである。

このように考えると、アイスランドの火山爆発による航空混乱の被害も、近代文明の大きな問題点を浮き彫りにするのではなかろうか。

火山灰はボディーブローのように農業被害を拡大させる可能性が大きい。近代農業は、大地、日照、水といった自然を制御できるという傲慢《ごうまん》な意識を育てた。しかし、北極振動が原因といわれる三月からの寒さだけでも、日本の農業が大きな被害を受けたことを思えば、火山灰の影響による欧州の被害は日本どころの比ではないだろう。

私たちは頻発する大災害を情報化の進展によって瞬時に知ることができる。しかし、そこからどれだけ生き方の指針をくみ取っているだろうか。

本県では、一九九八年九月三日に葛根田川《かっこんだがわ》[48]流

47 天人相関説：前漢の武帝に儒教を勧めて国教とさせた董仲舒（紀元前１７９?～前１０４年）が『春秋繁露』で述べた説。すなわち、天変地異などは、天から地上の支配を委託された皇帝の政治が悪い時、天が地上世界に知らせ、皇帝をこらしめるために起きるのだという。これによって、革命も悪政の結果、天が起こさせたものとして容認されることとなる。

48 葛根田川：奥羽山脈を水源として北上川に注ぐ雫石川の支流。珍しい名前の川なので様々な説がある。しかし、江戸期の文献に葛根ではなく葛子と表記するものがあり、川の上流、水源地帯をあら

域に被害をもたらした岩手県内陸北部地震、二〇〇八年六月十四日の岩手・宮城内陸地震（写真165頁）が記憶に新しい。私は双方の地震直後、被害現場を見ている。

その被害現場はほとんど人工的に山を削り、切り通しの道を造ったところであり、いずれも人災の面も強いということが分かった。岩手・宮城内陸地震の被害の象徴的存在となった祭時《まつるべ》大橋49の崩落も、地盤の悪いところに橋を渡したことも一因として挙げられる。

したがって、崩落した橋は、自然を無視した象徴とも言える。地震の怖さは、そこよりその付近の大地が切り裂かれている所が強烈な印象を与える。一関市は崩落した橋の一部を残したい意向のようだが、自然の脅威を後世に残すためには、厳重な安全措置を取った上で、安山岩の大地さえも切り裂くエネルギーのすごさを見せた方がよい。

コンクリートの橋は、やがて劣化して少しずつ剥離して沢に落ちてしまう。そのような人工物に多額の費用をかけて数十年維持したところで何の役に立つだろうか。早く撤去して、紅葉の名所である清流を汚すことのないように努めるべきではないか。

日本列島の生い立ちから、地震や洪水は日本の

わす「カッシ」（所によってはカッチという）が元の音で、葛子を「カッコ」と誤って呼ぶ人がいて、それが次第に「カッコン」に転移したものと思われる。地名は漢字表記を鵜呑みすることは危険である。

49 祭時大橋：国道342号線沿いの真湯温泉の少し手前、磐井川の支流鬼越沢にかかっていた橋。マツルベの「ベ」は、アイヌ語地名の川を表す「ペッ」（岩手県には苫米地〈トマベチ〉など多い）によるという説があるが、北海道に類例を見ないし、マツルベ山は、形が良く遠方からも目立つ山なので、場所を表す和語「辺べ」の可能性が強い。なお、「べ」の漢字らしきものは造語である。一関藩では早くから藩校があり、漢字の知識を持つ人がわざと地名を難しく表記する傾向がある。例としては、一般には田子（タッコ）、百目木（ドウメキ）、平（タイ）と表記するところを、達古、動目記、袋などとしているのが挙げられる。マツルベもその一例であろう。

宿命とも言える。そのような自然環境とどのように付き合ったらよいのか。自国、他国の天災を問わず、私たちは天災から種々学ぶべきであろう。

（二〇一〇年四月二十六日）

マージャン大会での三好京三氏（中央）

岩手宮城内陸地震。崩落した祭時大橋（左）と陥没地区（右）

「お上《かみ》」任せの日本人
——求められる意識変革——

今年も月遅れお盆にかけて「民族の大移動」が始まる。中国の春節同様、民族の魂を揺り動かす季節なのであろう。

しかし、最近は春のゴールデン・ウィーク[50]のほか、祝日を月曜日に振り替えて連休を長くしたり、高速道路の一連の政策などにより大渋滞が増えた。

そのため、季節の節目や風俗と結びついた祝日だからこそ高速道の渋滞や新幹線の混雑を我慢して故郷に向かうという意味あいが忘れ去られつつある。

地方の活性化をはかるためにも観光は必要である。そのための施策として連休増などがはかられているのだろうが、はたしてそれらの政策がこれからの日本にとって有益なのであろうか。また私たちは休日とどのように向き合うべきなのであろうか。

本年度前半、春のゴールデン・ウィークをブロック別に割り振る案が出された。「お上《かみ》」が全国一律でない案を提出するとはなかなか興味深かったが、それに対する市民の反応の方が格段に興味深かった。

特に反対意見には、日本的な特徴を如実に表しているものが多かった。そのほとんどは、たとえ

---

50 観光立国には、「気候」「自然」「文化」「食事」の4条件が必要と説くデービット・アトキンソンは（『新・観光立国論』東洋経済新聞社　２０１５年）、日本にはこの四条件が揃っているのに生かし切れていないと種々の問題点を挙げている。その一つに「ゴールデン・ウィークは廃止すべき」がある。彼は「ゴールデン・ウィークの廃止によって国内観光客が均されれば、もっと大胆な設備投資ができ、観光業が産業として成立しやすくなるはずなのです」と述べるが、私も同意見である。ただし、現在の一般市民の意識では廃止実現は困難であろう。

ば「名古屋で勤めている子どもと東北の生家が同じ休日でないと一緒にゆっくりした時を過ごせない」といったたぐいのものであった。

つまり「お上」が決めた休日でないと休めないということなのであろう。日本の誠にお寒い休暇の実態が垣間見える。

大渋滞に巻き込まれず故郷に帰り、地方の自然に思う存分触れるためには、本来は会社に申し出て自分なりの休日を確保するべきなのであろう。ところが日本では、会社に対する社員の力が弱く、自由に長期休暇が取れない人が多い。

したがって「お上」の設定した休日に頼るしかなかった。このようなシステムすなわち全国一律の祭り的休日が必然だったので、むしろ大渋滞があったほうが当然という感性を国民に定着させてしまった。

一ヵ月半後に迎える敬老の日の催事についても、同様の歴史的事情がうかがえる。かつては少なかった長寿者が増えたこと、施設に入所している人が多くなっているなど休日設定時とはかなり異なる状況になっている。ところが相変わらず行政の補助金を使うためか、敬老の行事も「お上」任せになっているところが多い。

一関市の一部では、補助金の使い方を行政民区に任せようという案が考慮されていると聞く。誠にささいなことであるが、お金の使い方を住民自らで考えるということは、税金の使い方を地方主体に変えねばならないとする潮流と軌を一にするものといえよう。

税金の使い方を行政に任せきりにすることは、全国一律の基準を設定することにつながりやすい。経済の高度成長期には、中央官庁が主導する政策に乗っていれば良かったとしても、時代は少子（子どもが少ない）多死（高齢者が多い）の人口減に変わっている。

もはや人口増のメリットに寄りかかっていた政治システムは、有効性を失っている。財政難の時代は乏しい財源を有効に使わなければならない。そのためには住民の意識変革が求められる。

しかし、市民は深刻に税金の使い道を見つめ、孫やひ孫に迷惑をかけないようにする意志を持つようになっているのだろうか。

劇場型で政治を見たりしてはいないだろうか。ささやかな税金の使い道、休日の設定などさえ自分たちの力で変えることができないのでは、いつまでたっても地域主権の展望は開けないだろう。

「地上にはもともと道はない。歩く人が多くなれば道となる」という魯迅[51]（写真下）の言葉は、飽食に慣れ変革をいとう日本人が今こそ味わうべきものではないだろうか。（二〇一〇年八月八日）

東北大片平キャンパス内の魯迅が学んだ階段教室がある建物（普段は金網で守られている）

51　魯迅：『吶喊』「故郷」の最後の文章。原文は「地上本没有路、走的人多了、成了路。」これは私の座右の銘の一つで、前例、慣習にとらわれずに樹木葬のような新しいことを考え実践していく際に、いつも自分自身を励ます言葉となった。

地域主権は官民協働で
―市民の熱意を生かせ―

　私の住む一関市は、仙台市と盛岡市のちょうど中間にある。しかし、かつては旧仙台藩内分《ないぶん》三万石の城下町だったこと、仙台の経済的吸引力が強いこともあって、盛岡より仙台に行く人が多い。一時間ごと（朝昼晩に三十分間隔もある）にJR一ノ関駅前を発車する仙台行きの高速バスは、料金が安いので最近少しずつ利用者が増えてきているようである。

　私も時々このバスに乗るが、そうすると次第に利用客の様子が分かってくる。若い人は買い物感覚での利用が多いようである。

　一方、年配の人は病院に通う人が存外に多いことが分かってくる。聞こえてくる会話の端々に「どこの病院がうんぬん」といった話題があることから、お見舞いに行く人、介護に行く人、通院している人などがかなり多いことが分かる。

　行政の医療政策の失敗から、地方での医師不足は深刻でしばしばマスコミの俎上《そじょう》に載るが、その解決策はいまだ見えない。

　もはや行政任せでなく、市民も積極的に医療・福祉問題に取り組んでいかなければならないのだが、病気は待ったなしである。とりあえず自衛するしかない。岩手県の医療が不十分であれば、一関市民は隣県に行くしかないのである。

　私は「一関は宮手《みやて》県です――」と冗談半分に言うことが多い。実際、県境[52]は大いに迷惑な存在な

52 私の義母（妻の母）は、約5年間、宮城県栗原市金成町の施設でお世話になった。祥雲寺で妻が介護していたが、介護が難しくなって施設を探したが同じ一関市内では、30分以上かかる所しか空きがなかった。妻は祥雲寺と知勝院の会計を担当している忙しさで、そこだと往復1時間半、全部で3時間近くも時間を取られるので決断はできなかった。ところが、幸い祥雲寺から15分で行くこ

のである。生活感情からいうと県という存在は無用に思える。

私たちは東北自動車道金成パーキングエリア（ＰＡ）にＥＴＣ利用のインターチェンジができると大変ありがたいのだが、岩手県という枠に縛られている以上、県はその実現のために動いてはくれないだろう。

過日、岩手県の環境に関するパブリックコメントがあったので参加し、一関市で自然再生事業に取り組んでいる立場から発言したが、後日配布された修正文書を見ると、ほとんど取り上げられていない。やはり県境の状況を理解してはくれないようだ。

県境・一関の立場とは、宮城県にしばしば行っているので県の枠に縛られないで物事を判断できるということである。

宮城県はトヨタ関係の工場進出で活気がある。雇用の面で誠に喜ぶべきなのだが、負の面も目立つ。重機でどんどん地面に手をつけるから、セイタカアワダチソウなどの侵略的外来種の繁茂も著しい。

また、温暖化でイノシシ[53]の北上が見られ、農作物の被害が多くなっている。このような波が一

とができる栗原市の施設に入所できた。後で聞くと、一関市内から多くの人が来ているとのこと。市町村や県の壁にこだわらない地域づくりの大事さを身を以て知った。

53　文献によると江戸時代には岩手県にもイノシシはいたとのこと。ところが明治以降、ニホンオオカミの絶滅によって、その食い残しを冬期のエサとすることが出来なくなったことと、雪が深い気象条件になったことなどの条件が重なり、イノシシは岩手県から姿を消したと言われる。私の学生時代には、イノシシの北限は阿武隈山地と言われていた。ところが温暖化のせいか、20年ほど前から宮城県に侵入したとの情報が伝えられ、10年ほど前には仙台の郊外での被害がひどいとの情報や、宮城県北部への北上のニュースが伝わってきた。久保川イーハトーブ世界では、知勝院の自然再生班の職員が8年前に、自然再生地での仕事中に子連れのイノシシを見ている。その後、知勝院の墓地、境内のヤマユリの根が50本ほど掘り返されている。農作物の被害が大きくなってからやっと行政が動き出し、3年前から電気柵で水田を守るようになった。現在イノシシは北上中で、盛岡郊外に到達するのも時間の問題であろう。

関市（岩手県）に押し寄せつつある。
岩手県庁の机上では、盛岡周辺はよく分かっても、一関で感じている生物多様性における危機感を受け止めることができないのではないか。

市民のＮＰＯ的活動が盛んになり、直接法律とかかわることも多くなった。私たちが立ち上げた「久保川イーハトーブ自然再生協議会」も、「自然再生推進法」（二〇〇二年十二月十一日法律第一四八号）による。

このようなボトムアップ型の法定協議会ができるようになった時勢を県の行政に携わる人々は厳しく認識してもらいたい。パブリックコメントを市民団体のガス抜きの場ぐらいにとらえられては困るのである。（そうでないと信じたいが）

最近問題にされる地域主権は、民間と行政の協働があってこそ実現されるものであろう。

盛岡市の桜山神社参道地区再整備計画に見られるように、計画は行政が作るべきだとするトップダウン型思考にかたくなにしがみついていては、いつまでたっても市民にとって最高の政策は縛り上げられないだろう。

最後に行政の方に申し上げたい。「民間にも優秀な人、熱意ある人はいるのですよ」と。

（二〇一〇年十一月二十一日）

大震災で崩れた技術信仰
―社会の在り方再考を―

東日本大震災は三万人近くの死者・行方不明者と数十万人の避難者を出し、さらに数え切れない被害を各地に引き起こした。亡くなられた多くの人々のご冥福を祈るとともに、困難に直面している人々の一日も早い生活再建を願うものである。

私が住職を務める二ヵ所の寺のうち、新しく設立した寺[54]は建物、墓地ともに全く被害がなかったが、市街地にある祥雲寺は建物がひどく損壊した。外観では被害が少ないように見えたが、内部の破損が著しかった。墓石や灯籠の倒壊も半数に上る。

このような被害にもかかわらず、あの巨大なエネルギーがもたらした激震のわりには、「まあ、ましだな」と考えるしかない。津波の映像を見るにつけ、私どもの被害は被害のうちに入らないと

---

54 「いわての風」連載を引き受ける際、樹木葬のことは書かないで欲しいと言われた。恐らく政治や宗教に中立でないと、あの寺だけどうして書くのかという抗議や不買運動などが起きて困るからであろうか。ともあれ、当初の約束通り直接樹木葬に触れることはなかったし、知勝院という名称も使わないできたので、このような書き方になった。しかし、その後、岩手日報では、ある寺院が、恐らくコンサルタント会社と組んだと思われる大々的な樹木葬墓地（樹木葬と名乗るが知勝院の主旨とは全く異なる公園型）を記事にしている。どうも当初の姿勢とは異なるようである。さらに久保川イーハトーブ自然再生協議会の事業もほとんど触れていない。今までの地道な活動で「久保川イーハトーブ世界」という名称は、この度（平成27年12月18日）環境省が指定した、全国５００ヵ所の「重要里地里山」で、そのまま地域名としてあげられている。このように全国的に自然再生の活動が認められつつあるのに、地元紙が取り上げないのは、法定協議会にもかかわらず、その中心が宗教法人だからだろうか。私たちの活動は１００年後の未来の子供達に残したい自然、文化を顕彰しようとする、日本ユネスコ協会連盟が進めている未来遺産運動の「第一回未来遺産プロジェクト」として登録されている。従って、私たちの活動は、平泉におけるユネスコの世界遺産と知名度こそ違うが、精神として同様のものがあると考えている。建物や庭園を守るのと同様、あるいはそれ以上に地球が作り出してきた生態系を守る事は重要なのではないか。地元新聞記者に、もう少し岩手県の持つ生態系の豊かさを学ぶよう訴えたい。

さえ思える。

私だけではなく、多くの人々が被災者と心を一つにする感情を抱いたと思われる。寄付やボランティア申し込みの殺到、節電の動き…。これらは避難所の人々の我慢強さ、譲り合いなどを知った多くの人々が、困っている人との比較で自らの生活を振り返った結果ではないか。

私のできることも限られている。寺が持つ施設を提供すること、寺のボランティアグループに炊き出し依頼することなどしかない。しかし、そのような小さな力の集まりが日本国中に大きなうねりとなれば必ず東北地方は復興できると信じる。

このような困難な状況下で、復興の在り方に関わることを述べるのはいささかはばかられるが、今回の大地震で明らかになったことは政治、経済、社会の在り方にぜひ反映させるべきであろう。それが亡くなられた人々への義務ではないか。

まず、科学的な面、とりわけ土木、情報などの技術先進国がどうしてこれほどの死者を出したのか反省すべきであろう。

私は、自然の猛威を軽視し「科学技術万能」的な議論を強調し、防波堤などの土木工事のみが災害を抑えることとしてハード面に巨費を優先的につぎ込んできた政治の責任は大きいと考える。

田老湾の防潮堤、釜石湾の湾口防波堤が世界一と誇るよりも、各地に津波発生時に逃れることができる頑丈な公共施設を国の費用で造り、民間の施設も五、六階は防災時に使用できるようにする。そこにかかる費用を補償し、なおかつ税制的な優遇措置を取るべきだったと思う。

これは結果論ではない。既に旧川崎村（現一関市）では、水害の教訓に基づき川に近い住居を洪水の危険性がない土地に移転させているという先例がある。私たちも堤防ができたからということで、従前までは宅地になり得なかった土地に安易に住宅地を造成することは戒めるべきであろう。

水は穏やかなときは奥州藤原氏の庭園に利用されたように、人々を慰めるものである。「老子」でも「天下に水よりも柔弱なるはなし」と言う。しかし、その次に、「堅強を攻めるもの、これに勝るものなきは…」と続けている。

その暴れたときの力は古代人も認識していたのである。津波、洪水への対策は科学技術一辺倒でなく、自然に逆らわない土地利用という視点で考え直す必要があろう。また、物があふれている飽食日本で、どうして被災地に食料が届かず、また、被災地以外の所で買いだめが起きたりしたのか？

効率第一主義で製油所を一極集中させたこと、在庫を少なくしないとコストが高くなるシステムすなわち新自由主義的な経済構造を極端な形で推進してきたことの弊害があらわになったのではないか。

備蓄など無駄と思われていたものが大事だったことに気づかされた今度の大震災であった。

国民は経済力が世界第二位から三位に落ちたことなど気にしていない。政治は庶民のささやかな幸せを守ることに専心してほしいものである。

（二〇一一年四月十七日）

生態系多様性に富む日本
―美しい空　取り戻そう―

八月八日、うれしい訪問があった。四年前、文化人類学の視点から私が始めた樹木葬を博士論文のテーマにしたいと申し出たオックスフォード大大学院生のボレー・セバスチャン[55]が無事博士号を取得し、一関に来たのである。

彼は当初、研究生として上智大、東北大で文献から日本の葬送と樹木葬について学んでいた。しかし、私の始めた樹木葬は先例が無いので東京や仙台にいても実態がわからない。そこで、彼は祥雲寺近くの檀家《だんか》に、半年間ホームステイすることになった。

そのうちに彼は、私と東京大学大学院農学生命科学研究科保全生態学研究室とが共同で行なっている生態系の調査や自然再生事業に同行するようになった。

そして、次第に葬送としての樹木葬よりも、樹木葬を通して実現しようとしている自然再生に興味を抱くようになり、いろいろな山野草、樹木、トンボなどの名前を熱心にメモするようになった。

英国では維管束植物が日本の三割弱しかなく、しかも固有種は二十種にも満たない。トンボは全国で五十種以下[56]しかいないそうである。それに比べ、同じ島国でも、日本は蜻蛉洲《あきつしま》である。秋の蜻蛉《とんぼ》が国名を表していたように、トンボの種類が

55　セバスチャンの論文を見て、中国人留学生（大学院生）など数名が樹木葬の視察に来ている。

56　トンボの調査は須田真一氏（現中央大学大学院特任研究員）が冬期を除いて毎月、久保川イーハトーブ世界の調査を行なってきた。２００７年から２０１２年までの5年間で65種類を確認した。私が「いわての風」に書いた時には確認数が60種近くなっていたが、私が古い数字を覚えていて44種と書いてしまった。２０１６年3月現在、確認数は66種類となっている。

多い。

日本ユネスコ協会連盟が選定した第一回未来遺産プロジェクトに、私どもの「久保川イーハトーブ世界」と同じく選定された孟子不動谷《もうこふどうだに》（和歌山県海南市）や中池見《なかいけみ》（福井県敦賀市）では、ごく限られた地域の中に七十種ものトンボがいるという。

北上するほどトンボの種類は減るが、それでも私どもが活動している「久保川イーハトーブ世界」では、四十四種のトンボが確認されている。

このような生態系多様性に富む日本の自然にセバスチャンは感激したのであろう。ところが私たちは見慣れているためにかえって日本の景観の素晴らしさや生態系の豊かさに鈍感になっている。かえってセバスチャンのような外国人の方が、日本の素晴らしさに率直に感動できるのであろう。

秘境として近年話題になっている祖谷渓《いやだに》[57]（徳島県）は、仙人にあこがれていたアメリカ人のアレックス・カー氏がヒッチハイクで訪れ感動し、後に廃屋を買い入れ、住まいとすることからグリーンツーリズムの名所となった。

彼が掘り起こさなければ祖谷渓は限界集落として埋もれたままだったかもしれない。

しかるに私たちの環境はどうであろうか。ミシュランの観光ガイドで一つ星に選定されたのは厳美渓である。渓谷美としては台湾のタロコ渓谷にはるかに及ばないものの、渓谷を渡る「空飛ぶダンゴ」など人との折り合いが評価されたものであろう。しかし私はそれ以上に感動を呼ぶ要素が厳

57　前述したアレック・カー氏が古民家を改築した「篪庵（ちいおり）」を造り、外国人の訪問者が増えた。ただし、評判が良くなるにつれ若干の問題点も出てきたと氏は述べている。ただし、地元の観光にかける熱意は相当なもので、最近は実物大の人形を各所に配置したのが動画で紹介され話題になっている。

美渓にはあると信じている。

それは、雪を頂いて白く光る須川岳（栗駒山）が磐井川の上に浮かぶ風景である。（写真下58）ところが残念なことに、この絶景が至る所に張り巡らされた電線によって阻害されている。欧米人であればこのような景勝の地は電線を地中化しているだろう。

渓谷の水のせせらぎ、その水をもたらす神の山、広く高く澄む大空にはトンボがすいすいと飛んでいる…。かつての日本ではどこでも見られた風景だが、これこそ外国人が喜ぶ世界ではないか。

平泉でも遅ればせながら中尊寺通りの電線を地中化するという。ぜひこの機会に高圧線を迂回《うかい》するなどし、広い空を取り戻してほしい。

トンボが群舞する浄土世界を思わせる生物多様性が復活することも期待したい。かつての平泉の池からは多くのトンボが飛び立ったであろうから――。

（二〇一一年八月十四日）

須川岳をのぞむ厳美渓上流部

58　この写真上が上流で、須川岳がはっきり見える。ここから五百㍍下流の千畳敷からが観光地だが、そこでは電線が邪魔してこの写真のような景観を味わうことはできない。

情報に流される危うさ
―過去から学び考えて―

東日本大震災からはや九ヵ月。避難所暮らしは無くなったものの定住先が決まらず、がれきの山も圧倒的な量のせいで減少したという実感がわかない。どうも政治的決断の遅さが際立つ。

三月十一日は各方面の識者が述べているように一九四五年の敗戦、一九九〇年代初めのバブル経済破綻（リーマンショックを入れる人もいる）などに続く歴史の転換点として後世に位置づけられそうだ。

長らく続いた自民党政権時代以来の借金漬けの財政、その破綻を予期させる欧州連合（ＥＵ）各国の国債価格下落（金利の上昇）、垂れ流し国際決済通貨ドルの下落…。

このような世界的閉塞《へいそく》感に先だって現れたのが「失われた十年」とか「二十年」といわれる日本の時代だった。

その状況を打ち破ろうとして政権交代したにもかかわらず、官僚の言いなりで役人天国を打破できず前政権と代わり映えのしない民主党…。このような状況を続けていては駄目だと大震災が教えてくれたのだろうか？

しかし、政治家を選んだのは私たちだ。また、マスコミに影響を与えることができるのも私たちの世論だ。ところが、私たち市民は逆に情報に流され、「劇場型」でいろいろな事象に対処しているのではないだろうか。

劇場型の姿勢は、目前の事象にとらわれ過去から学ばないことになりがちだ。大震災直後、あれほど原発廃止に傾いたはずの心が、時間の経過とともに「電力事情から当面原発を続けるのはやむを得ない」と次第に原発容認に傾いてきている人も多いのではないだろうか。

三十年前、私が一関市に戻ってきた頃、問題になっていたのは東北自動車道から遠野、釜石に接続するジャンクション（ＪＣＴ）（地図下）をどこに設置するか、だった。候補地となった北上、花巻、紫波では活発な誘致運動が起きていた。いずれも海岸部と内陸部を結ぶ動脈の国道が存在するから候補になるのは自然だった。

　しかし、岩手県が花巻にジャンクションを決定した理由は、盛岡市の集積力を生かすためということだった。私はその時「盛岡中心の狭い思考によるなんとひどい結論だ」と憤慨した。

　県全体の発展には、仙台、東京との接続、あるいは奥羽山脈を抜けて日本海に出るルートはどこが必然かなど、岩手を取り囲む大きな世界を考えなければならない。

　誘致合戦で熱くなっているときほど、行政は識者の声を取り入れ、冷静に客観的で将来を見据えた結論を出さなければならない。

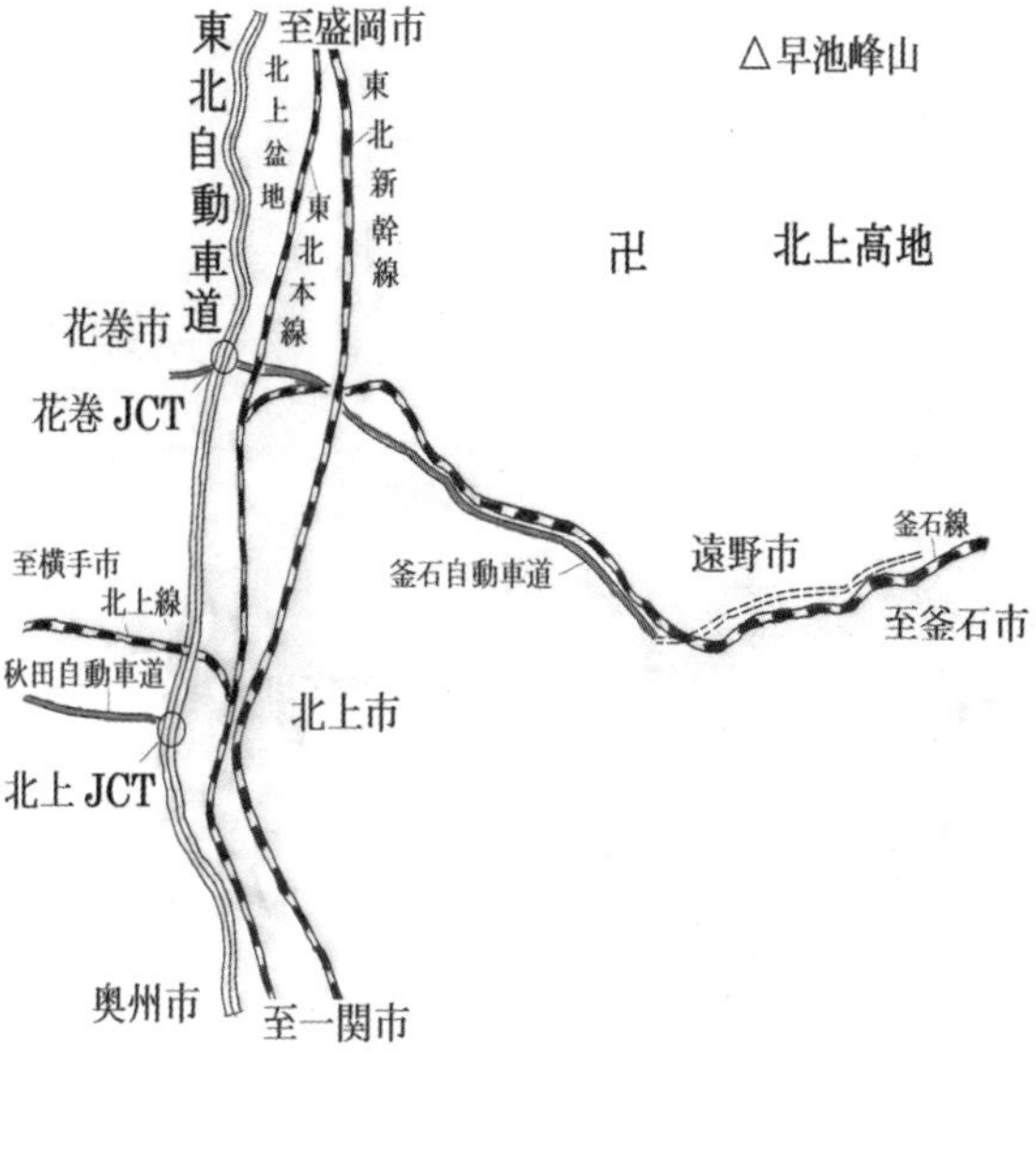

　私は、環日本海経済圏との接続を視野に入れるならば当然、北上案に決定すると思っていた。

　ところが県が狭い了見で決定したため、国家的な視野で横軸の高速道建設の必要性を説得できる余地がなくなった。予算が付きにくくなり、大震災で支援の拠点となった遠野までの延長が実現しないで今に至っている。

県が推進しようとしている気仙川（写真下）のダムも、川が何千年、何万年かかって運んだ砂と、プレートテクトニクス運動による地盤上昇がつくりあげた高田松原の歴史をだいなしにする。（写真下）将来の観光資源復活を願うのなら科学的知見を尊重し、できるだけ自然に逆らわない施策を考えるべきだろう。三十年前問題になっていた広田湾の埋め立てなども検証が必要だ。

中国の古典で「殷鑑遠《いんかんとお》からず」（殷の国が学ぶべき鑑《かがみ》＝教訓は直前に滅んだ夏《か》の歴史にある）がある。私たちは百年以上さかのぼらなくても、いろいろな政策の失敗から学ぶことができる。

氾濫する情報に振り回されず、身近な歴史を踏まえ、市民一人ひとりが自らの頭で考え、良い社会をつくるため活動したいものだ。

（二〇一一年十二月十八日）

高田松原の水門（これに続く防潮堤で自然は壊滅状態に。砂浜は戻らないだろう）

気仙川中流部

生態系の多様性守るために
―「良かれ」にこそ注意―

三月中旬、和歌山市で「生物多様性」に関するフォーラムで講演をしてきた。主催は、日本ユネスコ協会連盟の未来遺産運動・第一回プロジェクト未来遺産（写真183頁）に登録された「NPO法人自然回復を試みる会ビオトープ孟子《もうこ》」（海南市）で、和歌山県も共催した。

この会との縁は、私が会長を務める「久保川イーハトーブ自然再生協議会」も未来遺産に登録されたことによる。

講演とその後のパネルディスカッションは、二百人の参加者で成功であったが、この種の会に参加するメリットは、その後に現地の自然環境を案内してもらうことにある。

今回も海南市のフィールドを見学した後、県立博物館でギフチョウの資料を特別に見せていただいた。私と同行した東京大学大学院の特任研究員が、この地域特有のギフチョウを見たいと希望していたので見学が実現したが、私も大変勉強させられた。

まず、絶滅危惧種ギフチョウの資料を見て、その美しさとマニアの多さを納得した。マニアの執着する要素は、飛翔力の弱いギフチョウが日本各地で独自の進化をして、「蝶紋」のバラエティさという、「種内の多様性」をつくり出していることによる。

ところがこの蝶を愛するあまり、他地域のギフチョウを絶滅しかけている地域に持ってきて放す人がいるらしい。そうすると種内の特異性が乱され、遺伝子の交雑がおきる。

せっかく日本の微妙な風土の違いに順応して進化してきた生命の歴史が台無しになってしまう。

しかし、当事者は良かれと思ってやっていることなので、やめさせることが難しいらしい。

このような例は、岩手県における植林などにも見られる。放牧地を雑木林に戻す事業ということで、コナラなどと一緒にヤマザクラを植樹したという記事をたまに見かける。しかし、種としてのヤマザクラ自生地の北限は宮城県塩釜市付近で、岩手県には到達していないとされる。

岩手の人がヤマザクラと呼ぶのは、宮沢賢治がカバザクラと言った和名カスミザクラ（写真183頁）である。ヤマザクラとカスミザクラは、似ていて専門家でないと見分けがつかない。そのため、ヤマザクラを岩手の自生種と思って植える人がでるのだろう。

東北地方でカスミザクラを種から育てている業者は私の知るところ一社しかいないので、生態系を無視した間違った植樹をしている可能性が強い。そうだとすると、ここで遺伝子の交雑をおこし、東北地方の特徴を消すことになる。

森林学でかつて名をはせた方が生態系をあまり考慮せず、多品種を密植し木々に競争させ、早く林をつくる方法を東北でも推奨している。おそらく新聞で散見したヤマザクラとカスミザクラの違いを無視する植樹は、その方法によるのだろう。

しかし、東北の地は、湿原や原野などまだまだ豊かな生態系が残っている。首都圏とは状況が異なるので、木を植えることばかりに夢中になり、生態系の多様性、種の多様性、遺伝子の多様性を無視することは許すべきではない。

最近、最も危険に感じられるのは、がれきのマウンドを海岸近くに造り、そこに木を植えようとする運動である。がれきの土盛りは発する熱とガスの除去処理に大変な費用がかかる。決して自然回復につながらない。

その発想は、コンクリートで津波を封じ込めようとした近代科学のおごりと底辺でつながっている。陸前高田市や仙台平野は数百年前後のサイクルで湿原に戻る特性を与えられた地域であることが分かった以上、天から与えられた自然と仲良く付き合うことが求められるのではないか。

　中国では「潔癖な官吏は、汚職を常態とする官吏より過酷である」という格言がある。一見、良さそうに見える事例こそ気をつけて点検しなくてはならないのである。

（二〇一二年四月二十二日）

知勝院付近のカスミザクラ

プロジェクト未来遺産2009登録証
2009年12月1日登録

久保川イーハトーブ自然再生協議会　殿

未来遺産委員会は
久保川イーハトーブ世界自然再生事業
をプロジェクト未来遺産に登録しました

プロジェクト未来遺産への登録は
100年後の子どもたちに
日本の豊かな自然や文化を伝えようとする
すぐれた取り組みが高く評価され
期待されていることを示します

2010年3月22日
社団法人　日本ユネスコ協会連盟
松田昌士

第一回プロジェクト未来遺産

※二〇〇九年に第一回プロジェクト未来遺産に選定されたのは、十ヵ所の自然と文化を後世に伝えようとする地域。そのうち、さとやまの自然を百年後の子どもたちに残そうとするに値する活動をしているとして選定されたのは三ヵ所。久保川イーハトーブ世界の他は、和歌山県海南市の孟子不動谷《もうこふどうだに》、福井県敦賀市の中池見《なかいけみ》。これらの地域とは選定後、交流を続けている。

未来の平泉に残すべきこと
――本来の自然と歴史を――

七月下旬、札幌での所用のついでに黒松内町《くろまつないちょう》を訪問し、カワシンジュガイとアユで有名な朱太川《しゅぶとがわ》源流から河口部・寿都湾《すっつ》までの自然を、役場職員の案内でつぶさに観察研修してきた。

黒松内町は北限のブナを生かしたまちづくりを推進し、「にほんの里百選」（森林文化協会等）に選定されている。人口三千人の町ながら生物多様性地域戦略を作成中とのことで、その進捗《しんちょく》状況を知る目的もあった。

二年半前、兵庫県豊岡市で開催された日本学術会議主催のシンポジウムで、黒松内町の若見雅明町長と私が共に自然再生の取り組みを紹介した縁がある。研修の翌日、公務で忙しい中、仕事の前に会っていただいた。

その際、一関の自然再生の現場「久保川イーハトーブ世界」の生態系を紹介したパンフレットを手渡しながら、「ここではトンボが四十七種類確認されています」と説明すると、町長はいかにもうらやましいという表情を見せた。

冷涼な気候の黒松内町では、トンボが十七種類しか確認されていない。久保川の昆虫の豊かさは羨望《せんぼう》するところだろう。

しかし、源流から海までダムなどの障害物がない朱太川の生態系は、砂防ダムや滝などで分断されている久保川から見ると、逆に羨望の的なのである。

このように、他の地域的特徴を理解することは、自分たちの地域をよく知る一助になる。

北海道の多くの地域では、八月になると侵略的外来種のオオハンゴンソウ、オオアワダチソウで覆い尽くされる。

私の訪問した時は花が咲き始めようとする時期なので、それほど目立たなかった。中でも黒松内町は、札幌郊外と比べずいぶん少ないように感じた。職員に聞くとオオハンゴンソウなどは防除を始めたという。

また、道南の大沼公園を通るとき、列車沿いの雑木林越しにカラー電柱が見えた。いずれの町も観光を重視する地域では、景観や生態系への配慮がなされていることを実感した。

一関に帰って気になったので、平泉町の外来種がどうなっているか久しぶりに巡ってみた。

国道、北上川、太田川沿いのセイタカアワダチソウ、アレチウリは、ますます猛威を振るいそうだし、JR東北線沿いにはオオアワダチソウの群落も見えた。

インター近くのハリエンジュ（ニセアカシア）、道路法面《のりめん》吹き付けや庭から逃げ出したフランスギク（写真186頁）、イタチハギのまん延…。高圧線鉄塔の迂回《うかい》や電線の地中化など景観上の課題とともに外来種対策をしないと、平泉の世界遺産は「危機遺産」になりかねない。

このような思いを抱いているとき、「平泉町史」の問題点を詳しく列挙した匿名の手紙が届いた。平泉の歴史は、古代史、中世史、考古学など多様な角度から研究が進んでいる。匿名氏の指摘通り、現行の「平泉町史」は間違いが多いようなので書き改めるべきである。

匿名氏は、世界遺産認定後、観光客増だけに焦点を当て、町史のような地味な分野を置き去りにしている風潮を嘆いているようである。

私が久保川で行なっている自然再生事業は地味な活動であるが、それ故に着実に国内外から高い評価を受けつつある。

匿名氏は、そのことを知り、観光客増だけに浮かれることなく、未来に残すべきことをしっかりと見据えて地味な仕事をしてほしいと要望しているのであろう。

「久保川イーハトーブ世界」では、九月にニュージーランドからの視察をはじめ、研究者や環境問題に取り組んでいる人々の訪問が続き忙しく余裕がない。

したがって、歴史を生かす運動は、匿名氏（恐らく歴史に詳しい在野の研究者）のような方を応援する形でしか私は関われない。

匿名氏よ、声を上げてください。側面援助は致しますから。

（二〇一二年八月十九日）

中尊寺入口付近の外来種フランスギク

「中央集権」からの脱却
―豊かさは足元にある―

昨日八日は真珠湾攻撃の日だった。日本歴史の大転換点となったこの出来事も、七十年以上の歳月の経過とともに風化しつつあると感じるのは私だけであろうか。

人生において七十歳は、かつてはたどりつきがたい年月であり、そのため杜甫も「古来まれなり」と詠じた。しかし、栄養情況の改善、医学の発達で、平均寿命は延び、今や七十歳は高齢者の「前期」にすぎない。

私もまもなく七十歳に到達する。四十五歳で上顎嚢胞《じょうがくのうほう》、四十九歳で脳出血、五十七歳で下垂体腫瘍など、身体にメスが入ること四回。腎動脈狭窄《きょうさく》などの爆弾を抱えながらも、しぶとく生きながらえているのも、医学発達のたまものである。

おそらく多くの人が、私同様に病気を乗り越えて長寿を得ているであろう。しかし、年だけは取っても、「心の欲するところに従いて矩《のり》を踰《こ》えず」と『論語』為政編に説く境地にほど遠いのは私だけではあるまい。

二〇六〇年には日本の人口が八千万人台になると想定されている（国立社会保障・人口問題研究所）のに、いまだに政治家が経済成長の必要性ばかりを口にするのは、私たちが過去の高度経済成長の幻影を引きずっているからではないか。

人口減が想定される社会では、エネルギーを現在以上に必要とはしない。それなのに、「原子力発電所が稼働しないと今の豊かな生活は保障できませんよ」といったニュアンスで、庶民をなかば脅かしながら説得しようとする「原子力ムラ」に群がる人々の姿は、七十年前、エネルギー資源を中心として日本に経済制裁を行ったＡＢＣＤ包囲網[59]に対して、戦争で突破口を開こうとした国の姿と、どこか似てはいまいか。

東京電力福島第一原発で多量にまき散らされたセシウム一三七の半減期は三十年である。七十年でやっと四分の一前後に減少だ。高濃度に汚染されたところは、数百年も人が住めない。人生の長さに比してこの年月の長さは非情である。

私は七十年近く生かされてきたからこそ、七十年前に行なった無謀な政策の愚かさを実感として受けとめることができる。

そのため、何百年も人が住めない国土をつくった戦後日本のエネルギー政策の愚かさ、そして何よりも「消費は美徳だ」と吹聴され、電力をどんどん使うことに慣らされてきた愚かさに気づくのである。

「3・11」以降、原子力発電に電力生産を依拠することの危険性は国民に広く知られることになった。その結果、国の固定価格買い取り制度（ＦＩＴ）によりメガソーラ（大規模太陽光発電）などが各地で展開されようとしている。

しかし、その立地は地方であり多くの地域で貴重な生態系を破壊する。189頁）そして生産された大量の電気は大都市に向かい、大都市の論理により値段も流通量もコントロールされる。そして高価格は消費者に転嫁される。

このようなエネルギーをめぐる中央集権的な性格を改めなければ、原発で地方が犠牲になったことと同じ構造が今後も展開されることとなる。

元来、地方には間伐材など熱源として利用でき

59　中国大陸で侵略戦争をＣ（**China**　中華民国）と戦っていた日本は、Ａ（**America**　米国）の経済制裁を受けるやエネルギー確保のため仏印（インドシナ）に戦線を広げ、さらにＤ（**Dutch**　オランダ）支配のインドネシアを侵し、さらにＢ（**Britain**　英国）の支配するインドを狙うまでになった。その際、軍部主導の日本国は、国民向けにゴロのよいＡＢＣＤの国々が経済制裁をしていると訴えた。満州が日本にとっての生命線だという理屈と同様の宣伝文句と言える。

る資源が眠っている。したがって、地方自治体は、補助金が無ければ何事も実施できないという姿勢ではなく、間伐材を利用するオンドル（韓国式床暖房）（写真下）などを備えた、快適で維持費用が最低限に抑えられるエコハウスを先行投資して造るべきであろう。

右肩下がりの経済状況でも生活が維持できるようにして被災者に提供し、借用期間を十年などと区切り、その後は修繕してコテージとして使えば観光振興にも役立つだろう。中央集権的な体制が変わることを期待しているだけでは地方の未来はない。

「希望郷いわて」を実現するためには、全国一律の規格に合うものを追求するのはやめよう。「殷《いん》鑑《かん》遠からず」で、七十年前のエネルギー問題、戦争、中央集権的政治の暴走など、「3・11」後の岩手をつくるための反省材料は事欠かないのだから。

（二〇一二年十二月九日）

知勝院庫裡のオンドル煙突

雑木林を破壊したメガソーラ（一関市花泉町）

専門家任せの科学政策
―市民も積極的参加を―

「3・11」を迎え、各方面で種々の検証が発表された。しかし、被災者の状況改善は遅々たるものがあり、行政に対する不満も相当蓄積していると思われる。その雰囲気を利用するかのように、復興を御旗にした予算の大盤振る舞いが行われている。

確かに新しい居住地を造るためには従来型の公共工事が大量に必要であろうが、この機会に便乗してさほど緊急性のない土木工事まで施工しようとする行政の問題がマスコミで報道されている。

高台移転する地域なのに防潮堤を造ろうとする動きは、その顕著な例である。「森は海の恋人」のキャッチフレーズで、一関市室根の森に木を植える運動を行ない著名になった畠山重篤氏のカキ棚がある気仙沼市唐桑町舞根《もうね》地区民は、高台移転するので防潮堤はいらないと訴えている。

津波が襲ったあと、この浜辺は汽水域の生き物がよみがえっており、それを生かす方が、地域にとっても良いという。ところが、宮城県は何がなんでも防潮堤工事をしたいらしい。

しかし、考えてほしい。国の借金は赤ん坊も含めて国民一人当たり、九百万円にまでなろうとしている。防潮堤の工事は全て税金が使われるが、税収が足りない分、国の借金・国債でまかなわれる。

そのお金が無駄なことに使われるならば、将来世代にツケを回すことになる。私たちの「今」が良ければそれで良いとするのはまさに刹那主義ではないか？

私たちは国、県などによる大規模な政策については、政治家に任せるしかないと考えてきた気味がある。その結果、現在のような傍若無人ともいえる税金の無駄遣いが横行する結果となった。

私たちも、やがては将来世代に先祖として祀られる日がくる。その日を考えることができる、成熟した市民社会をつくらねばならない。

今は、津波、原発、国際リニアコライダー（ILC）（写真192頁）などで科学的な視点も市民に求められている。政治家任せが近視眼的なポピュリズム政治を生んだとすれば、科学者任せの市民社会が、「御用学者」といわれる政治家に追従する科学者の横柄な発言を許してきたともいえる。

原発の安全神話の崩壊、津波被害を大きくしたハード防災技術への盲信。その反省は単に「科学に対する信頼回復」という次元でとどまることを許さない。新しい科学の不確実性を認識した上で、科学的な問題での「専門家」任せをやめ、市民社会ぐるみで対応する必要がある。

このような考え方は、「ポスト・ノーマル・サイエンス（PNS）」といわれ、オランダでは、独立的政府機関の環境評価局が環境政策を決める際に、科学者だけでなく倫理学者、社会学者などを含めて議論しているという。

二十世紀の量子論と相対性理論は、「ビックバン」「インフレーション理論」「真空の揺らぎ」「膨張する宇宙」など、宇宙の姿を次々と明らかにしてきた。ところが、その発展が、「暗黒物質」（ダーク・マター）、「暗黒エネルギー」（ダーク・エネルギー）という新たな謎を生む。

また、遺伝子の解明など生命科学は目覚ましい進歩を遂げたが、小さな有機体・虫一匹でさえつくることはできない。

せいぜい、音を立てず急降下するフクロウの羽毛の働きを模倣して、パンタグラフをつくったようなバイオミミクリー（生物多様性模倣技術）[60]

60 生物の持っている特性をまねて技術開発することで、バイオミ

で、生物の一部機能を利用できるだけである。

地球上の有機体による複雑系システムは、一分野の科学者がカバーできる能力を超えているのだ。

原子力研究者は、今までは原発のごみや活断層について、電力会社、政治家任せで済んだ。そのため、彼らは自分たちを取り巻く社会的システムの複雑系に全く無関心か無知の「原子力ムラ」で安住できたのである。

しかし、その体制を許したのは、私たち市民であった。したがって、よりよい社会を創るために、これからは市民一人ひとりが科学に関心を持ち、積極的に科学的政策に参加していかなければならないのである。

（二〇一三年三月三十一日）

ILC 誘致の宣伝物（JR 一ノ関駅構内）

メティクスともいう。代表的な例として、蛾の複眼が光をほとんど反射しないことを真似て開発した無反射フィルム、ハスの葉の微細な構造によって薄いが汚れとともに流れ落ちることを利用した撥水加工技術、刺されても痛くない蚊の針に注目して作った痛くない注射器など、動植物の長い進化を通して作り上げられた形態は種々の技術に応用されている。

失われる生物多様性
―足元の危機に関心を―

六月中旬、花巻市大迫町で私が始めた奥山型墓地に久しぶりに入った。急斜面の緑が濃く、谷川では連日の猛暑にもかかわらず、いつもと変わらない水量のせせらぎが心地よい水音をたてていた。

早池峰《はやちね》山（写真195頁）に連なる北上高地は奥深いため湧水が多く、日照りでも川の水は途切れない。

須川岳（栗駒山）から張り出す磐井丘陵帯の標高四五〇㍍の山を水源とし、しばしば水不足となる磐井川支流・久保川とは対照的な豊かさである。エゾハルゼミの合唱も心地よく、桃源郷と見まごうばかりであった。

北上高地は浸食が進んで急傾斜の山が稗貫《ひえぬき》川に迫り、耕作地が少ない。江戸時代から稲作中心の農業政策がとられたため、北上川流域の沖積平野とは異なりヤマセの夏には飢餓に苦しんだであろう。

しかし、それだけに、山の生業《なりわい》を大事にし、早池峰神楽（大償神楽、岳神楽）（写真195頁）を育むことになったと思われる。最近は、ユネスコの無形文化遺産に登録されるなど、高い評価を得ていることは喜ばしいことである。

しかし、高い評価のものがあると、そこに目を奪われて足元を襲う危機を見過ごしやすい。平泉地域で世界遺産に夢中になっている間に生態系の劣化が著しく進行したのと同様、稗貫川流域にはびこる侵略的外来種の繁茂ぶりは危機的である。

春は畦畔《けいはん》などのハルザキヤマガラシ、夏は川や道路沿いのオオハンゴンソウなどにより、カタクリ、サクラソウ、ニリンソウ、キケマンなどの山野草は絶滅に追いやられつつある。

私たちは、一関で「自然再生推進法」という法律に基づき、久保川流域で侵略的外来種の駆除を実践し、オオハンゴンソウ、セイタカアワダチソウ、ウシガエルなどを押さえ込んでいる。この実績を踏まえ、今年から大迫町内川目で自然再生に取り組もうとしている。一関では、かなりの成果が出ているが、行政が生物多様性に無関心なことには、あきれるというより、怒りさえ覚えることがある。

四～五年前であろうか。県が環境政策の指針を作成するということで、一関市で開催されたパブリックコメントの会に参加したときのことである。私たちは、里山で間伐、下草刈り、落ち葉かき、外来種の抜き取りなどをしているので、動物と出合う機会が多い。若い個体のホンシュウジカは十三年前、イノシシの親子連れは六年ほど前に久保川流域に侵入したことを確認している。その危険性を指摘したが、全く政策には反映されなかった。昨年、イノシシの農作物への被害が大きくなり、やっと行政が動き出した次第である。

元来、イノシシ、ホンシュウジカの捕獲は難しく、早めにその生態、行動形態を知らねばならない。被害が大きくなってからの駆除は大変なのである。

パブリックコメントで説明にきた県職員は事務職員で、生態系については詳しくないようだったから、私の提言は無視されたのであろうか。あるいは、そもそも、岩手県では、県の魅力をアピールする上で一関地方の生物多様性は重要でないと言うのであろうか。

県の財政が大変なことは承知しているが、もう少し、知事部局に生態系に詳しい人を採用すべきではないか。

急激な人口減少は、経済の右肩下がり傾向を必ず強めるだろう。膨大に積み上がった国債のデフォルトも、早晩現実となるかも知れない。それだからこそ、生物多様性に富む岩手の自然に囲まれて心静かに暮らすことが魅力ある発信となるのではないか。

知事や県幹部に訴えたい。私たち県境の者は、望んで岩手県に属しているのではない。宮城県でも困ることはなかった。それだからこそ、岩手県に属していることに幻滅感を抱かせない環境政策の実施を望みたいのである。

（二〇一三年七月十四日）

大償神楽。知勝院子院桂宮庵には神楽の舞台がある

樹木葬墓地（花巻市大迫）から望む早池峰山（左上）

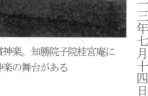

お上頼みから抜けだそう
―自ら考えまちづくり―

今年の暑さは尋常ではなかった。私たちの自然再生実践地である久保川流域では、九月二十一日にヒグラシ、十月一日にミンミンゼミが鳴くのを聞いた。季節外れに出現したセミは、果たして仲間と出会い子孫を残せただろうか。そのことを考えると少々哀れさを感じた。

ところが、台風二十四号が招き寄せた暖気のせいか、十月九日、またヒグラシが鳴いたのである。

チョウトンボを頻繁に観察し、シロバナタンポポを花巻市大迫の里山で見ているので、温暖化の影響を実感していたが、これには驚きを感じざるを得なかった。

しかし、大きな気候変動を何度も繰り返してきた地球の歴史と生物進化の歴史に思いをいたすと、十月のヒグラシのような変わりものが「種内の多様性」を確保し、種の永続性に貢献してきたのであろう。翻って、人類の永続性はいかがであろうか？

人類は大脳皮質を発達させ、知識により歴史を積み重ねてきた。防災の歴史しかりである。その知見は国内にとどまらない。

ＥＵの政策執行機関・欧州委員会では、グリーン・インフラ・ストラクチャー（緑のインフラ・一九九〇年代半ばに米国で提唱された社会インフラの手法）[61]を採用し、土地利用計画において緑や湿地の自然力を生かした方法で地域づくりをし

61　湖沼や湿地などの生態系を利用して、水の防止や水質浄化などを進めようとする手法をいう。ビル屋上を緑化してヒートアイランド現象を抑えようとするのもこれに入る。コンクリート製の堤防、防潮堤などのハードインフラストラクチャーだけに頼る従来の手法でなく、ＥＣではこれを積極的に採用することにした。日本ではグリーンというと森林をイメージするので、「生態系インフラストラクチャー」と呼ぼうという動きがある。

ようとしている。

米国ハワイ州では、住宅などの構造物を海岸線からセットバックさせ、津波から人々を守ると同時に美しい砂浜を残すようにしている。

今や巨大な防潮堤での防災計画は、かえって非合理で経済的にマイナスなことは世界では共通認識化していると言える。

ところが、現在進められている復興まちづくりは、世界の潮流に反している。その原因は私たちが過去の教訓に学ばないからではないか。

室崎益輝・神戸大学名誉教授は、東北人の気質として「お上に頼っていれば間違いないと思っている面がある。（略）十数㍍の巨大防潮堤が造られようとしている。（中略）このままでは魅力も古里の面影もなくなり…」と述べている。（岩手日報　十月十日付）

このように耳に痛い提言は、「お上」や目先の利益を追う人は取り上げたくないものかもしれない。

しかし、核心を突いている見解を、学者的な正論にすぎないとか、変わり者の発言と無視してはならない。私たちは、「お上」や有力団体の提案したものを無条件で受け入れ、自ら考えることを放棄するようなことをしてはならないのである。

本県の重要な観光資源についても、室崎氏が指摘するような「思考停止」状況が生まれているのではないか。

たとえば､平泉では景観を阻害する高圧線鉄塔、太田川、衣川のコンクリート護岸などの対策や、外来種だらけの貧弱な生態系を改善する努力はほとんど見られない。「平泉ナンバー」や「平泉の日」など、単に一時的観光客増の方策で騒いでいるように見える。

私が会う県外の人々からは、「もう一度、平泉を訪れたい」という声は全く聞かれない。リピーターを生まない問題点を直視すべきであろう。

「平泉ナンバー」も、推進のための署名を依頼された多くの人々は正確な説明も受けげず、希望者だけが「平泉」プレートを付けるものと思っていたという。

一関市では、「平泉」を付けたくないという人が多い。奥州藤原氏の文化遺産が素晴らしいことは、分かっているが、文化の香り高い県南の中核としてふさわしい地域が現在の平泉とは、誰も思っていないからである。

牛崎敏哉氏（宮沢賢治記念館〈写真下〉副館長・当時）が指摘するには、宮沢賢治は修学旅行で一度平泉を訪れただけという。生きものたちと共生する岩手の自然を理想とした賢治が、短歌二首、『文語詩稿一百篇』の一篇などわずかしか平泉を取り上げなかった要因は何か？

急激な人口減を迎える岩手の自然と社会。私たちは、賢治の投げかけを受けとめ、自らが理想とする生き方を、自らで考えていかなければならないのである。


（二〇一三年十一月十日）

宮沢賢治記念館（花巻市）

大量のデータの陰で
―隠されることの怖さ―

現代は情報化の時代と言われるが、私のような古希の老人にその恩恵は限られている。

物忘れがひどいので、かつての知識を呼び戻すため、あるいは氾濫するカタカナ語の意味を調べたり、古書を買い求めるときなどインターネットの便利さを感じるが、それがなければ困るというほどのものではない。

迷惑メールやウイルス対策などを考えると、深入りしたくない思いほうが強い。

さらに危険な面を感じるのは、ビッグデータの仕組みである。インターネットで本を求めると、「これを買った人は次のようなものを買っていいます」とデータが並ぶ。この仕組みは便利なようで、しょせん多く売りたい側の意図に沿うことになる。

このようなツールに慣れると、本を立ち読みして、短い時間で買うか買わないかを決める斜め読みをはじめとする本に対する判断力は養われなくなる。

その結果、宣伝力によって大量に売れる本が良いもの、という浅薄な傾向を強くする。情報化の時代は、人々の意識が単一化、単純化しやすい。

大量に流れるものは権力やお金の力が背景にある場合が多い。マスコミで流されるものが良いもので、聞いたことがないものは信用できないとする風潮は、最近とみに助長されているように感じられる。

一月三日付の岩手日報では、欧州食品安全機関（EFSA）が、欧州連合（EU）各国に「ネオニコチノイド系農薬のうち二種類（アセタミプリド、イミダクロプリド）が、低濃度でも人間の脳や神経の発達に悪影響を及ぼす恐れがある」との見解を出したことを掲載した。62

日本では、長崎県の養蜂家が、ネオニコチノイド系農薬クロチアニジン（原体名）で大量のニホンミツバチが死滅したことから、使用禁止の声をあげている。

また、週刊誌でも取り上げられたが、二〇〇四年と二〇〇五年にかけてアセタミプリドが空中散布された群馬県で、直後、多くの学童が中毒症状を起こしたことが知られている。

私たちも四年前からニホンミツバチが持ち帰った花粉から植生の調査を行っているが、一昨年、やはり農薬の空中散布後、一つの巣が全滅した。

この事態を受け、ネオニコチノイド系農薬の危険性を訴えていかなければと思っていた矢先のEFSAの指摘だった。

しかし、農薬をめぐる農協、農薬製造業者、農水省のトライアングルの力は強大で、養蜂家との力関係は歴然としている。そのため、危険性を訴える声は抑えられている。

また、市民の健康を守る立場の厚生労働省や環境省も農水省に遠慮して及び腰である。原発の水素爆発時、スピーディーの情報を隠した政府、東京電力の姿とどこか重なって見える。

ある大学教授は、農協関係の出版社に依頼された著述で、ネオニコチノイド系農薬の危険性に言及し提出したところ、掲載しないと言われたそうであると、私が直接ご本人から聞いた。

かくほど、日本の政、財、官の力は強く、業界の営利が保護される一方、市民の健康は後回しになっている。

62　EFSAの見解には、日本の黒田洋一郎、木村—黒田純子夫妻による論文「自閉症・ADHDなど発達障害増加の原因としての環境科学物質—有機リン系、ネオニコチノイド系農薬の危険性（上）（下）」（『科学』岩波書店　2013年6月号・7月号掲載）が大きく関与したと伝えられている。

このように、現在でも市民の生命に関わる情報は陰に陽に抑えられているのに、さらに「特定秘密保護法」で、何を守ろうというのだろうか。

一九四五年の敗戦は「国破れて山河あり」だったが、今度は「国民苦しみ政財官富む」になりかねない。

一月十三日付岩手日報の「現論」で、田中優子法政大教授が指摘するように、国家秘密と国民主権を両立させるため、七十ヵ国の識者五百人以上で議論してまとめた「ツワネ原則」を市民も学ぶべきではないか。

隣国関係を利用して愛国心をあおり、国内問題から国民の目をそらさせるようなことは、民主主義国家の目指す道ではない。

戦前型の独裁的、恣意《しい》的政治を許さないためにも、私たちは、粘り強く危険な法律の廃止に努める必要があろう。

（二〇一四年二月十六日）

久保川イーハトーブ世界でニホンミツバチを研究している藤原愛弓氏

防潮堤　コンクリートか森か
―人間よ、自然から学べ―

五月下旬、岩洞湖経由で田野畑村に向かった。道沿いの新緑の間に咲く満開のカスミザクラが、遅い北国の春を演出していた。目的は、サクラソウ生息地の視察や、保護活動者の交流などが目的の「サクラソウサミット」である。

田野畑の渓流沿いに咲くサクラソウのピンクは、ハシドイ、ミズナラ、ウワミズザクラの木陰でコンロンソウの白と絶妙のコントラストをなし、水のせせらぎの音は、牧野越しの林からかすかに響くエゾハルゼミの鳴き声と微妙なハーモニーをなしていた。

誠に至福の時間を過ごす参加者を祝うように、澄み渡った空に浮かぶ一片の雲近くに水平に輝く虹「環水平アーク」[63]が現われた。

羅賀《らが》に戻り、三陸鉄道島越駅付近の破壊された防潮堤をみると、被害が大きかった大船渡市の防潮堤同様、チリ地震津波後に造成された土盛りの上をコンクリートで覆ったものだった。

一関に帰り、「森は海の恋人運動」の室根での植樹祭にアメリカからハナミズキの寄贈があったこと、行政が進めようとしている高い防潮堤に住民が反対していることを知った。

また、各地で進められている「森の防潮堤運動」などの記事を見るにつけ、島越の防潮堤を思い出し、防災のあり方を深刻に考えざるを得なくなった。

海と生活を分断し、将来の補修にかかる費用を

63　虹と同じ大気光学現象の一つで、大気中の氷の結晶に太陽光が屈折して薄雲に虹色の光の帯が見えるもの。虹と異なり、太陽と同じ方向に現れる。光の帯の長さは方位角１０８度以内とされる。断片の雲を通して見える時は彩雲と間違えられやすい。

無視して行政が進めようとしている高さ十メートル以上の防潮堤は論外だが、がれきを地中に埋めて、その上に土盛りし、常緑広葉樹の苗を植える「森の防潮堤」も大変問題がある。

それなのに、その危険性があまり喧伝《けんでん》されていないことに危機感を覚えたのである。

戦後の植林運動もあり、「植樹は全て善である」と考えやすい。また、植樹は植えた時だけでなく成長を見守るのも楽しい。したがって室根の植樹祭に千四百人も集まったことも納得できる。

寄贈された外来種のハナミズキはどうするのかと案じていたら、街路樹として使うとのこと。他の植樹する苗は岩手県南の種から育てているとのことであるから、恐らく生態系を配慮できる人材(写真204頁)がいたので、妥当な利用となったのであろう。

一方、宮脇昭横浜国立大学名誉教授が進めている「森の防潮堤」は、地元以外から大量の苗を調達し植樹しているので、遺伝子のかく乱を招く恐れがある。

また、波打ち際近くでは常緑広葉樹の生育が思わしくないと日本学術会議が提唱しているのに、樹木の生態を無視して植樹をしている。

いくら宮脇氏が古里の木としてスタジイなどの常緑広葉樹を愛するとしても、適地でない所に植樹すべきでない。

森林学の人は極相林が好きという傾向が強いと聞いたが、人間が関わって長い歴史の上に成立した里地里山の自然を無視してよいという主張は問題があるのではなかろうか。

宮脇氏は単なる好みでなく「常緑広葉樹は根が深くまっすぐ伸び土を保持する」からと、マツ、スギ、落葉広葉樹との違いを述べているが、これも問題がある。

斜面崩壊地はスギ林がほとんどだが、未崩壊地の樹木の根系と比較すると、根系に問題があることが分かっている。マツ、スギでも天然木は、本体を支える直根の伸長が旺盛であることが知られる。

一方、市販の苗はどんなものでも容器で養成するため根切りが行なわれており、直根がルーピングと言われる反り返った奇形根になっている。（山寺喜成元信州大学教授。「グリーンパワー」二〇一四・六号）。

このことはスタジイなどの常緑広葉樹でも同様で、防災林としては不適なのである。むしろ大震災後、実生からはえたマツなどが順調に生育できる環境を見守り育成すべきであろう。

しょせん、人間が人工的に地形や地質を変えて造ったものは、それが森であろうと脆弱《ぜいじゃく》な防災機能しか果たさないことを知るべきである。

（二〇一四年七月十三日）

地元のタネから苗を育てている、東北では数少ない人材の奥州市水沢区の千葉喜彦氏（左）

「脱成長」に向かい合う
―地道なマチづくりを―

新自由主義者やリフレ論者の後押しで進められる、アベノミクスと称される金融緩和政策による円安誘導は、消費者物価をじりじり上げ、米価の低落や年金の低減と相まって農家を含む市民生活を脅かしている。

一千兆円にも及ぶ国の債務にかかわらず、さらに四十兆円もの国債を発行できるのは、老後を心配する人たちの年金が消費に向かわず、預金として銀行に積み上がっているからである。

しかし、日銀の試算では、二〇一七年には、預金増加は停止すると予測されている。銀行が国債を購入できなくなれば、いずれデフォルト（国の破産）現実のものになろう。

このような不安な状況を反映してか、水野和夫氏の「資本主義の終焉と歴史の危機」が版を重ね、セルジュ・ラトーシュ、伊東光晴、藻谷浩介、内田樹、広井良典各氏による「脱成長」「定常か社会」の論がだいぶ市民権を得てきたようである。

ところが、国、県、市はどこを見ても相変わらず企業誘致、公共工事による成長にしか目を向けない。国際リニアコライダー（ＩＬＣ）誘致も同じ視点から捉えていると感じられる。

文部科学省が日本学術会議から提言を受けて設置した「ＩＬＣに関する有識者会議」の議事録を読んでも、提言の提出時期は明記されているが、国の誘致意欲が明確になっていない。

ＥＵ諸国は、ＩＬＣに多額の出資をするよりも、当面は欧州合同原子核研究所（ＣＥＲＮ）の大型ハドロン型加速器（ＬＨＣ）をバージョンアップした方が良いと考えているのではないか。

昨年、現在のＬＨＣで、ヒッグス粒子の陰を捉えたと報道されたことからも、ＩＬＣの緊急性が欧米から理解される状態とは必ずしも言えない。まして、国内でも、九州大と佐賀大の研究会が、量子宇宙学などの専門家でつくる「立地評価会議」で北上高地を選定した過程に疑義を唱えている（岩手日報・九月二十日付）。

私は高校時代、数学と物理が得意だったこともあり、文学系に進んだ後も科学に関心があり、村山斉氏の宇宙論の本を何度も読み返している。したがって、日本にＩＬＣができ、暗黒物質や暗黒エネルギー解明の手がかりが出来ることは大いに喜ばしいが、十年、二十年先の話であることも忘れてはいけない。

また、村山氏が素粒子と宇宙を説くとき、ギリシャ神話の「ウロボロスの蛇」[64]を引用するが、素粒子や宇宙の神秘に係わろうとする人は、ウロボロスの胴体である生物学や地質学など、地球の歴史にも心しなければならない。

日本の「さとやま」（里地里山）は、氷河時代から生き延びてきた生物が多いと言われる。「ウロボロスの蛇」の大事な一部分が、さとやまにあり、その景観と生態系を愛す外国人や科学者は多い。

先月お会いしてきたドイツ人カール・ベンクス氏は、新潟県十日町市松代で、廃屋を改修し、地域に人を呼び込んでいる。また、アメリカ人のア

64 尾を呑み込む蛇の古代ギリシャ語が語源。始まりも終わりもない生と死の循環を示すものと捉えられ、キリスト教やグノーシス主義で用いられた。古代インドでは、ウロボロス同様の竜が巨大なカメを支え、さらにその亀の上に乗る4頭の巨大なゾウが世界を支えていると考えた。それは後に、仏教が採用する須弥山を中心とする世界観に発展していく。中国でも６８００年前〜４０００年前の紅山遺跡から「猪竜」といわれる同様のものが発掘されている。古代人の想像力は似たようなものを造り上げたが、中国の猪（ブタを意味する）は、後の豚肉中心の中華料理に発展していくし、インドではヒンズー教でゾウを神聖視するのに発展していくなど、地方の風土と結びついているのが面白い。

レックス・カー氏は、徳島県祖谷渓で、外国人を呼び込んでいる。彼らに習って日本の自然を大事に生かすマチづくりが必要なのではないか。

ＩＬＣ誘致は企業誘致と同一視は出来ないが、現今の運動を見ていると、企業誘致と同様の視点が強すぎると思われてならない。

ＩＬＣ誘致が実現すれば、筑波同様の研究学園都市が必要となるが、一関市では土地の確保が難しいだろう。適地はくりこま高原駅や若柳金成インター近くの水田地帯（写真下）となろうが、その都市造成に岩手県民、一関市民も税金から多額の分担金を負担しなければならないのだろうか。

国、県、市も財政難であるが、将来は今以上に財政が厳しくなる。岩手県でのマチづくりは「大きな夢」を語るだけでは済まされない。

「脱成長」に向かい合う地道なマチづくりとの整合性が、今、求められているのである。

（二〇一四年十一月九日）

若柳・金成インター付近の水田

「終活」の小さな庵で
―古里の自然に恩返し―

歌舞伎の板東三津五郎さんが、同世代の中村勘三郎さんに続いて逝去し、「少子多死時代」の到来を実感させられた。

私たち敗戦の年に生まれ、古希を迎える同級生も鬼籍に移る者が多くなり、同級会も今年が最後となりそうである。

古来まれであったので「古希」と珍重された年の区切りだが、同年代の八割以上も到達するのでは、もはや七十歳はまれな年とは言えない。

これも栄養状況の改善、医学の進歩のたまものである。まさに私たちは生かされてきた、と言えよう。

しかし、平均寿命で十年弱、さらには最近注目される認知症や寝たきりにならない年の平均である健康寿命まであと二年という「七十歳」の置かれた状況を示す統計は、いやが応でも死を見つめ、少ない余生をどう生きるかを迫ってくる。

死者を弔い遺族をなぐさめる宗教者として働いてきたこと、研究者、教師、地域づくりの実践者…これらの面をどのように最終的に結実させるべきか。杜甫《とほ》が述べた「棺を蓋いて事定まる」を意識しない訳にはいかない。

私は宗教者としては、自分の身を削ぐこと、つまり住職という地位や肩書きを捨てて一般人同様、死の準備いわゆる「終活」をすることとした。

そこで、鴨長明《かものちょうめい》の方丈《ほうじょう》にならい、数百万円の建築費で質素な庵を造った。屋根に土を載せた、板張りを彷彿させる住まいである。

さらに電気は二十アンペア、暖は数万円の薪ストーブという、経費を抑えた現代版「方丈記」の住まいとし、減らされ続ける年金生活に見合う住まいのあり方を提示することにした。

この庵には、私の葬式などで使う位牌、頂相《ちんぞう》（禅宗で法要の際に使う肖像画）65（写真210頁）、個人的に授与された感謝状を収納する。住職だった二つの寺からは私の気配を消すことにした。

　これからの日本社会は、人口減に伴い国家財政も縮む傾向が自然であるが、国は社会資本維持するために税収減を避けようとして成長策をとり続けるだろう。

　前岩手県知事の増田寛也氏が、自治体消滅の危機を喚起したのも、恐らく国家的観点から地方の存続を考えてのことと思われる。その賛否はまさにこれからの日本の課題であり、私たちも参加すべきである。

国の方向性は選挙を通じて、あるいは種々の世論として私たちが決める問題である。

　しかし、国の政策は平等性の御旗の下、画一的になりがちで、地方の実情を必ずしも踏まえているとは言えず、失敗の連続と言っても過言ではない。

　国の方針で県が進めた広田湾の干拓事業、リゾート法によって観光地に造られた一関市立博物館など、農政以外にも政策の失敗例は枚挙にいとまがない。私たち市民は善政の到来を待つわけにはいかず、今を生きなければならない。

　そこで思い起こされるのが、ノンフィクション作家柳田邦男氏の「二正面作戦」である。政治と向かい合うのが正面とすれば、別の面として政治に頼らずに自分で出来ることをやるという姿勢である。

　これは家財評論家の内橋克人氏が説くＦＥＣ

65 元来は、禅宗で祖師を描いたものに、祖師が自ら讃や法語を書き、嗣法（後継者の資格を得た事）の証拠としたもの。現在では、一般の住職も同じように作り、回忌供養で使うようになった。私の絵は仙台市の画家・土屋薫氏が描いた。書は大船渡市の今野雲上氏、讃は虎関師錬の賛『済北集』巻一を換骨奪胎して私が作った。

（FOOD《フード》＝食料、ENERGY《エネルギー》、CARE《ケア》）の自立性を高めることに他ならない。

　私のささやかな庵は、自分の死を迎えるためだけでなく、瀕死の情況に陥りつつある中山間地をよみがえらせようとする試みともつながっている。

　里地里山の雑木林は、周期的に間伐すれば半永久的に燃料を供給してくれる。自然の恵みを利用すれば、電気、水道などの支出を抑えられるのである。

　国内総生産（GDP）にカウントされない経済外活動が盛んになることを、国は喜ばないだろうが、中山間地はハイパーインフレになっても、確実に生き延びることはできる。

　私の最後のつとめは、お世話になった一関の自然に恩返しをすること、そう決意している昨今である。

（二〇一五年三月八日）

頂相

自賛（原漢文）の訓読

曲禄《きょくろく》の牀《しょう》　紫色の衣
禅者の名を偸み　禅者の実を欠く
這般孟浪《しゃはんもうろう》たりて力無く
また同侶《どうりょ》の悪称あり
もし樹木葬の師に非ざれば
是れ自然再生

（語釈）曲禄の牀（葬式などで住職が座る椅子）
這般（このように）孟浪（とりとめのないこと）
同侶（坊さん仲間）悪称（悪い評判）

ＩＬＣ誘致の夢と課題
―百年後見据え議論を―

五月九日、私たちが自然再生事業を行なっている久保川イーハトーブ世界」（磐井川支流久保川の上中流約九キロ）に、頼もしい助っ人がやって来た。

六十人の面々は住友ゴム工業ダンロップタイヤ東北の社員。企業の社会的責任（ＣＳＲ）事業で、日本ユネスコ協会連盟が進めている、百年後の子供たちに残したい自然、文化を顕彰する「未来遺産運動」に賛同。

六年前（二〇〇九年）、私たちの「久保川イーハトーブ自然再生事業」が第一回未来遺産プロジェクトとして登録されたことで支援に駆けつけてくれた。

造成後六十年以上も全く「かいぼり」（泥さらい）されていない溜池底泥の撤去、間伐した木々の枝を運び出しチップを作る作業、そのチップを耕作放棄地の水田跡に造成したビオトープ周囲に撒く作業…これらの作業を二時間半こなしてくれた。私どもが数人で行なうと、一ヵ月もかかる仕事量であった。

里地里山の再生には人力が必要（写真213頁）だが、行政、民間の補助金は人件費を見てくれない。近年、里地里山の生態系の豊かさが注目を浴びているが、その保全はボランティアによるしかない。それだけに民間企業の支援は大変ありがたい。

環境省や日本ユネスコ協会連盟が、里地里山の生態系劣化に危機感を抱いているのとは正反対に、ほとんどの企業や行政は目先に振り回され、二酸化炭素（CO_2）増加による地球温暖化、生物多様性など百年後のことは考えていないのである。

わが県南地方では国際リニアコライダー（ＩＬ

C）誘致運動が盛んだが、これまた百年後を見据えた議論になっているとは感じられない。
たとえ誘致できたとしても五十年後には廃棄され、縦穴が掘られ、原発ゴミの最終処分場になるという指摘がある。

地盤がしっかりしているというお墨付きは、国策として遂行された原発ゴミの後始末の場所として想定されざるを得ない運命を担うことになる。そのような可能性があっても、ＩＬＣ遂行を望む人は恐らく否定するだろう。

しかし、時の権力者が「絶対ありません」と声高に言うだけで、その根拠を示さず、将来に含みを持たせるのが、今までの政治の通例だったではないか。

また、新国立競技場建設費をめぐるドタバタでも明らかなように、行政が見積もる予算のずさんさは、時には当初の数十倍になるときもある。ＩＬＣも一兆数千億円ではすまないだろう。

多額の分担金を日本はまかなえるのか。また、他国が多額の分担金を出してくれるのか心もとない。明治期の近代化遺産で韓国、中国からクレームが出る政治状況では、中国をはじめとする久美国の出資が危ぶまれる。

国内の科学予算との関係では、ＩＬＣだけが突出すると、基礎的な科学研究がなおざりになり、かえって科学技術の発展を阻害しかねない。

さらに環境面でも問題がある。リニア新幹線工事では、長野県大鹿村の幹線道路で一日最大一千七百三十六台（一日八時間稼働で十七秒に一台）のダンプが通行する見込みで、静かな環境を望んでＩターンした人が村を出て行くことが危惧されているという（山下佑介著『地方消滅の罠』より）。

県南地方でもＩＬＣ工事が始まれば同じように静かな環境が破壊されるだろう。こういった負の面も含めた議論を徹底すべきである。

力の統一理論、ヒッグス粒子、ダーク・マター、ダーク・エネルギーなどの解明に道を開くＩＬＣは確かに夢を抱かせる。

しかし、学童までも巻き込んで、ＩＬＣ誘致のためと称して、量子宇宙論を教える必要があるのだろうか。

学童には、野外観察や「石と賢治のミュージアム」（一関市東山町）、「宮沢賢治記念館」（花巻市）などを利用して、身近な自然から、石（地学）、生物、星などへの関心を引き出し、やがてウロボロスの頭（宇宙論）と尾（量子論）にも目を向けるようになることを期待すべきであろう。

未来を担う子どもたちに、大人のエゴを押しつけてはならないのである。

（二〇一五年六月二十八日）

ダンロップ東北の60名が自然再生事業に協力

良い先祖になろう
―何を残すか考える―

今年は猛暑に苦しめられた人が多かったのではないか。県内でも数人の方が熱中症で亡くなるなど、かつては考えられない暑さであった。

十年ほど前に久保川（一関市萩荘）の河畔林をたどって中流に進出してきたツクツクボウシも、私の研究所がある久保川上流に四～五年前にたどり着き、にぎやかに合唱していた。

地球温暖化に伴う海水温の上昇とインド洋で起こる「マッデン・ジュリアン震動」（ＭＪＯ）などにより、スーパー台風が印象づけられた夏でもあった。

また、温暖化現象は南から送り込む熱い空気によって「線状降水帯」を発生させ、「非常に激しい雨」「猛烈な雨」という部類の豪雨を多くもたらし、竜巻などの風害も各所に起こした。

このような災害の多発は、一万年ほど前から始まるとされる安定した環境の完新世という地質時代が終わり、「人間中心世」（Anthro-pocene）」に入ったとすべきという論の妥当性を感じさせる。恐らく二十一世紀は、深刻な大災害が多発する世紀となろう。

私は宗教者の観点から「良い先祖になろう」をモットーに里地里山の自然を残す運動をしてきた。そして、目先の利益でなく子孫に何を残すかを考えるようにと訴えてきた。

その立場からすると、残すべきは災害に強く人々が安全に食料を確保出来る農地、再生可能なエネルギーや木材を供する林地などを重視すべきと考える。

千年に一度の大津波に耐えるためと称する十メートル超の大防潮堤は、コンクリートが劣化する三十～

五十年後には補修が必要となるので、財政難が厳しくなる後世に負の遺産にしかすぎなくなる。

新国立競技場建設も後世に負の遺産となりかねないが、税金を使うのに国民には十分説明せず、責任の所在も明確でないまま時間がないからと、国は「粛々」とすすめようとしている。

「平和」を強調する、戦争をしやすくするための法案もしかり。最近の権力者は国民の理解は必要ないと考えているのではないか。

現権力者の姿勢から将来世代にとって最大の負の遺産になりかねないと危惧されるのは、青森県六ヶ所村や各地の原発（写真216頁）にたまり続けている原発ごみ（高レベル放射性廃棄物）であろう。

放射能が安全なレベルになるまで十万年という時間を要するのに、その処理策は未定。抑制策がないままに九州電力川内《せんだい》原発の再稼働を許可したことは、子孫に対する罪深い悪業と言わざるをえない。

国は原発ごみをガラス固化し地層処分する予定だが、世界的に地層処分の安全性は疑問視されている。

そのためか、日本学術会議が四月に提言した内容は、原則五十年暫定保管する間に最終処分場を選ぶようにと、拙速な処分地決定をいさめている。

しかし、粛々《しゅくしゅく》と進めたい国は、必ず少数の「御用学者」的な人を探し出してくる。

今年一月に、自民党資源・エネルギー戦略調査会小委員会に招かれた火山学の某教授は「国内には処分場建設に適した地盤の安定した地域も存在する」と述べている。

その安定した地域とは「根釧《こんせん》（根室・釧路）海岸」「北上山地海岸」などの地域である。

この発言を受けて、釧路市では、市民団体による「核のゴミはいらない」という猛烈な運動が起き、一万六千人の反対署名を市長に提出する騒ぎとなった。

一方のお墨付きを与えられた北上高地はどうなっているだろうか。北上高地に国際リニアコライダー（ＩＬＣ）誘致が決まれば国際学園都市ができるなどの夢がばらまかれている。

しかし、それ以上に原発ゴミの処分場として地盤の良さが狙われていることを考えなければならない。

目先の利益ばかりに目を奪われていると、経済産業省が「海上輸送が最も好ましく、処分場は海岸から二十キロ以内を目安にするのが適当」（岩手日報・二〇一五年九月十八日付）と示すなど、既に原発ごみの最終処分場を導入する複線が張られていることに気づかなくなってしまう。

説明もそこそこに、「粛々と」原発ごみが岩手県にもたらされてはいけない。私たちは「悪い先祖」にならないよう努めなければならない。

（二〇一五年十月十一日）

津波直後の女川町。女川原発は一関市街地まで直線で65キロ。福島第一原発同様の事故が起こると、風向きによって一関は人が住めないところになる可能性が！

「おもろい」という発想
―対話の重要さ源泉に―

通る車は一時間に一～二台。私たちが「久保川イーハトーブ世界」と呼ぶ地は、まことに静寂な空間である。

けんそうとは無縁のこの地は、「隣国の鶏や犬の鳴き声が聞こえるが、そこの人々と交わることがない」ことを理想とする小国寡民思想を展開した「老子」の理想郷とも思える。

ここは人けがない何もない空間に思えるが、さにあらず、窓から電線に止まるヤマセミなどを見ることもできる。生きものに満ちた空間なのだ。

しかし、人間は社会的動物なので「朋あり遠方から来る、また楽しからずや」（読みには諸説あり）とする論語の文化的世界も必要であろう…などと考えている折、朋（というより知における先達）二人の消息が届いた。

一人は、社会学者・北村寧《やすし》福島大学名誉教授（写真219頁）の訃報である。

大学・大学院での先輩の氏（かってはキタさんと呼んでいた）とは、四十年間音信不通だったが、二〇一二年に突然、連絡があり、翌年六月の放送大学福島校の面接授業「樹木葬の思想―さとやまを守る」（九十分授業八コマ）を依頼されたのである。

これにより、自然再生の実践に明け暮れ、学問から遠ざかっていた私に一喝をくれた。キタさんは、都会から離れた田舎でコツコツ地味な仕事をしていても、誰かが遠くから見守っているという心強さも与えてくれた。現在、本の出版に向かって机に向かっているのも氏のおかげである。

沈痛の日々、今度は、別の角度から励ますように山極寿一京都大学総長（写真219頁）の添え書き付きで新著『京大式　おもろい勉強法』が届けられた。

氏とは鹿児島県屋久島と一関で開かれた二度の日本学術会議公開シンポジウムでお会いしているだけだが、一関で行なわれたシンポジウム終了後、私たちの自然再生実践地を視察している。

そのため、彼の対人力の素晴らしさを実感している。期待して読むと、知的発想術の源泉は、京都大学に根付いているサロン文化、対話の重要さであることが分かる。

つまり、アメリカ的で東京中心の対論（ディベート）で相手をやり込めるスタイルでなく、「おもろい」という発想を大事にし、オープンサイエンスで科学に向かうべきという。

私は、岩手県でも京都大学式の知的展開が大事ではないかと感じた。

翻って、岩手における科学、科学技術のオープン度はどうなっているか。

東日本大震災の復興では、国、県が提起する土木中心の事業ばかりで、環境面で研究者の声を聞こうとしない。庶民の声も十分届いていないと思われる。マチおこしとしての国際リニアコライダー（ＩＬＣ）もしかりである。ＩＬＣに関係する立派な研究成果をお持ちの方でも、クライアント（研究費の支給元）の意向に沿うだけでは、いかがなものだろうか。

万一、素人は科学リテラシーに欠け、科学的なものはＩＬＣについては量子宇宙論研究者に従うべきだというパターナリズム（父権主義）があるとしたなら即刻改めてほしい。

日本が誇る「すばる望遠鏡」、重力波を観察する神岡鉱山地下の「ＫＡＧＵＲＡ（かぐら）」、これにＩＬＣが加わればという研究者の意気込みは理解できなくもない。

しかし、ＩＬＣは膨大な量の岩石、土砂が採掘される。したがって、科学技術が起こすリスク（川の水が抜けるなど）や、地震、噴火、津波など自然現象のリスクを前提にした社会的な意志決定が必要とされるべきであろう。

岩手の大地はノーベル賞を狙う科学者だけのものではない。彼らにはオープンサイエンスに徹し、地質学、変動地形学などの研究者とリスクについての対話を行なってほしい。ＩＬＣ設置には多様な価値判断と折り合いをつけるべきである。

私たちは研究者と異なり、子々孫々まで岩手の大地に根付かざるをえないのだから。

（二〇一六年二月七日）

北村寧・福島大学名誉教

一関市での山極寿一氏（2012 年）

あとがき

二〇一一年三月十一日の東日本大震災は、多くの人が被害者に何らかのお手伝いをしたいという感情を揺り動かした。しかし、前期高齢者の私は肉体的な貢献は無理なので、自分なりに何らかの貢献をしたいものだと考えているうちに、大震災の「復興」に便乗した自然破壊の動きが目に余るようになった。このような開発先行型しか考えない人々の多くが保守主義者と見なされるのは極めて残念である。本来の保守は、長い地球の歴史が創り上げた自然の保護やそれらと共生してきたコミュニティを守ろうとしたり、伝統ある町並みを保存するなどに価値観を置く人々を言うべきではないか。

社会福祉や社会保障を考えない新自由主義者などリバタリアンの影響を受けた為政者は、日本のコミュニティと国土を台無しにしている。しかし、残念ながらどの政党も開発や目先の利益ばかり追い、真の保守を考えないし、地方行政でも中央の後追いばかりが目立つ。このような傾向に立ち向かう声を上げることが老人の責務ではないかと阿修羅にも似た憤怒が湧き上がってきた。

また、自然（とりわけさとやま）を大事にしたいという想いで、考えを同じくする人が続くことを期待して「樹木葬」という名称を商標登録しなかったが、「樹木葬」という名前だけを利用する自然（生態系）を考えない亜流樹木葬墓地の続出にも憤怒の情を覚えた。そのほとんどは、得難い生物多様性を持つ日本国土の自然に無関心である。このまま、また東南海や関東大震災が起きたらどうなるのか。東日本大震災の「復興」で無視されたグリーン・インフラ・ストラクチャー（＝生態系インフラストラクチャー）などの提案が顧みられず、もっと深刻な国土の自然破壊が進むのではないか。「復興」における従来型の土木工事と「亜流樹木葬」は、悠久の歴史が創った日本の生物多様性に満ちた自然を大事にしないという点で共通の地盤に立つのである。

そのような動きに少しでも疑念を持つ人々が増えるように、私の経験を活かすことが自分に出来る最後の務めではないかと考え、この著作にかかった。しかし、無精な生来の性格ゆえ、なかなか執筆が進まなかった。そんな時、北村寧福島大学名誉教授の訃報が届いたのである。（217頁参照）彼は二〇一五年八月十七日に、福島民友新聞に連載した随想二十九編をまとめた『文章は人生の証』を送ってきたが、その時は既に膵臓がんという宿痾に冒されていたのであろう。ともあれ、この『文章は人生の証』という言葉と、彼の死がわたしの執筆を促したことは間違いない。ただただ感謝するばかりである。

この本は、わたしの自伝的要素も若干入れている。私が人まねを嫌い、新しい独創的なことを考える体質となったのは大学、大学院の指導教官でもあり、松島瑞巌寺加藤隆芳老大師に共に参禅した故志村良治東北大学教授（写真左）の導きからである。奇しくも今年は師の三十三回忌である。不肖の弟子だが改めて学恩に感謝申し上げたい。

最後に、久保川イーハトーブ世界での調査研究に多大な援助指導を賜った、鷲谷いづみ東京大学名誉教授（現中央大学大学院教授）と、資料や写真を提供してくれた鷲谷研究室メンバーである須田真一研究員、プロカメラマン桶田太一氏に感謝申し上げます。

二〇一六年五月九日

千坂　げんぽう

若き日の志村良治教授
（右）左後ろは千坂

千坂 げんぽう（ちさか・げんぽう）1945年宮城県南郷町（現美里町）生まれ。翌年父の祥雲寺入山に伴い一関市で育つ。東北大学大学院文学研究科博士課程（この間休学し松島瑞巌寺で修行）中退。聖和学園短期大学（仙台市）講師、助教授、教授などを務める。1984年祥雲寺住職就任。1999年日本初の樹木葬墓地を開創し知勝院設立し住職就任。2006年宗教法人格取得。2007年久保川イーハトーブ自然再生研究所設立し所長。2011年知勝院住職退任、2014年祥雲寺住職退任。2009年法定協議会・久保川イーハトーブ自然再生協議会設立。会長として自然再生事業に取り組む。

著書：『樹木葬和尚の自然再生 ―久保川イーハトーブ世界への誘い』（地人書館 2010年）『樹木葬の世界 ―花に生まれ変わる仏たち』（編著 本の森 2007年）『樹木葬を知る本 ―花の下で眠りたい』（共編 三省堂 2003年）『五山文学の世界 ―虎関師錬と中巌円月を中心に』（論文集 白帝社 2002年）『だまされるな東北人』共編 本の森 1998年）他多数。

初出：「いわての風」岩手日報の2007年7月2日付から2016年2月7日付まで、計29回分の連載を掲載。

さとやま民主主義
――生き生き輝くために――

発行日　２０１６年６月１日　初版発行
著　者　千坂 げんぽう
発行者　大内 悦男
発行所　本の森
〒９８４‐００５１
仙台市若林区新寺一丁目５‐26‐３０５
電話＆ファクス０２２（２９３）１３０３

装　丁　羽倉 久美子

印　刷　共生福祉会　萩の郷福祉工場

定価は表紙に表示してあります。
落丁・乱丁はお取替え致します。
ISBN978-4-904184-84-4